Des filles qui dansent

Stéphane Hoffmann

Des filles qui dansent

ROMAN

Albin Michel

Au vin qui pétille,
aux femmes gentilles.

… que nous passions nos jours
Étendus sur l'herbe tendre
Prêts à conter nos amours
À qui voudra les entendre.

Jean de La Fontaine,
Ballade à la Reine.

Première partie

Un gars très fort dans les slows

Que faites-vous sous le toit paternel, soldat plein de mollesse ? Bien que votre mère, les cheveux épars et les vêtements en loques, bien que votre père lui-même s'étende sur le seuil, passez sur le corps de votre père… Ici, la piété filiale consiste uniquement à n'avoir point pitié.

Saint Jérôme, *Lettre à Héliodore.*

1

Je suis né maigre et je n'ai pas pleuré. Si j'avais eu des dents, je les aurais serrées. Si j'avais su ce qui m'attendait.

Ce qui m'attendait ? Rien, justement. Ni personne. Mon père ? Un ouvrier. Comme mon frère, quoi qu'il en dise. Ma mère travaille à la Poste. Et ma sœur roule en mobylette.

Débrouille-toi avec ça.

D'abord, j'ai cru que ma vie se passerait comme la leur. Chez nous, il faut travailler tôt. Ou alors, on n'est pas un homme. Je veux faire des études, mon père n'est pas d'accord. « À quatorze ans, j'étais apprenti. Je rapportais de l'argent à ma mère. Je coûtais rien. J'ai jamais rien coûté à personne. J'ai fait ma vie avec fierté. » Plus je le regarde, moins je suis convaincu. Toujours, il s'est levé en soupirant. Ce n'est que depuis qu'il est retraité que je l'entends regretter l'ambiance des ateliers, les luttes syndicales et les bagarres contre les patrons, ces salauds. Jamais il ne va voir les bateaux dans le port. Il a passé sa vie à se mentir.

Mon frère quitte l'école au même âge que ses aînés, mais c'est la crise, les Chantiers n'embauchent plus. Salauds de patrons. Jacky, ça le surprend un peu. Ça le vexe, aussi. Toute son enfance, il s'est préparé à une situation qui s'efface au moment où il va la saisir. On a toujours construit des bateaux à Saint-Nazaire, pourquoi ça changerait ? Les ouvriers ont fait leur boulot, les patrons n'ont qu'à faire le leur. En attendant, Jacky vit de combines et se donne le genre artiste. Il dessine, colle des morceaux de plastique sur du bois, et c'est une sculpture. Il épate mon père. À côté, bien sûr, je suis un minable. Jacky prend ma défense : « Jérôme n'a que douze ans, papa, j'en ai vingt. » J'encaisse sans répondre et sors dans le jardin. Mon frère me croit triste, vient me rejoindre, me tend une cigarette, me passe le bras autour du cou. « T'en fais pas, mon vieux, ton tour viendra. » Je hausse les épaules. Mon tour de quoi ? Je ne veux pas de la considération de mon père.

Un jour, Jacky décroche la timbale : il est nommé employé municipal à Saint-Nazaire. On l'envoie s'occuper d'animations de quartiers, ce qui consiste pour lui à enseigner un art qu'il ne maîtrise pas à des enfants qui n'en ont pas envie. En somme, il devient fonctionnaire. Pas de quoi se vanter. Mais on sort le mousseux et mon père, une fois de plus, me le montre en exemple :

« Tu vois à quoi on peut arriver avec des relations : à tout. À tout, tu m'entends ? Retiens ça. »

2

J'ai retenu. Nous n'avons pas de relations. La gloire de la famille est un cousin venu de Nice ouvrir une parfumerie à Saint-Nazaire. Bientôt, il en aura trois. Un grand braillard qui fréquente les restaurants à nappes, tape dans le dos de tout le monde et nous épate avec sa cravate jaune et les boutons dorés de son blazer. « Le chic anglais, soupire maman, il n'y a rien de mieux. » Le chic anglais.

Un jour, mon frère rassemble ses affaires et quitte la maison. J'ai un territoire à moi : une chambre. Je suis le maître de quelque chose. Je me jure que cela ne cessera pas.

Aussi solide que le génie de mon frère est, dans la famille, le dogme de la beauté de ma mère. Avant ma naissance, elle a été reine de Brière. Le jour de la fête de la tourbe, elle traverse les rues sur un char de jonquilles tiré par le tracteur de mon grand-père. Mon grand-père, qui n'aurait laissé cet honneur à personne.

« Même pas à moi, pépé ? avait dit mon père.

– Toi, tu la tireras ce soir. »

Ce qui a fait rire pendant des années. L'humour de la famille.

Vantée dans le village, la beauté de ma mère fait tourner la tête à tout le monde et enfler celle de mon père. Après un compliment, maman rit. Elle trouve ça gentil, un peu lourd. Elle en a tellement entendu que sa beauté lui est peu à peu apparue une anomalie la plaçant à l'écart des autres. Comme d'être dispensée de gymnastique.

Ma mère étant belle, ma sœur se pense belle. C'est discutable. Les plus enthousiastes lui trouvent de jolis yeux. Ou un teint de lait. Elle y croit tant qu'elle passe son adolescence à des essais de maquillage et à fuir le soleil. Une vraie vache Monsavon. Elle se fait parfumer à Saint-Nazaire et se regarde dans la glace, danser comme Sheila. Puis, elle cesse de danser pour seulement se regarder. C'est moins fatigant.

Ma sœur est bête comme l'Église de France à la fin du XXe siècle : elle tombe dans tous les panneaux de la mode. Elle rêve d'être prise en photo avec Joe Dassin, comme maman l'a été avec Sacha Distel et les Sunlights, en 1966. Avant son récital au cinéma Le Normandie, à Saint-Nazaire, accompagné par le grand orchestre de Jimmy Mulot, Sacha Distel est passé se faire rafraîchir par Raphaël, notre coiffeur. Le journaliste d'*Ouest-France* (on disait *Oueste-France*) est passé, mais on ne photographie pas Sacha Distel sans femme. Maman est là, bonne pour la photo, ce qui lui vaut une remontrance du receveur principal.

Il faut dire que ma mère n'a aucune idée de sa beauté. La beauté, ça n'existe pas chez nous, c'est un truc pour les filles de *Jours de France.*

Ma mère est belle comme une femme heureuse.

3

Comme toutes les femmes d'ici depuis la nuit des temps, ma grand-mère a tressé des paniers. Aujourd'hui, lorsqu'elle entre dans la nouvelle poste de Saint-Joachim, elle se signerait si elle n'était briéronne, car les Briérons tutoient Dieu. À voir sa fille derrière le guichet, dans sa jolie blouse de nylon bleu ciel, les ongles vernis de rose tendre, sous les néons pâles, elle se redresse. Que mon frère ait décroché un travail artistique à Saint-Nazaire est inespéré, mais mon frère est un génie. À ma sœur, tout est promis.

Parfois, je me demande si le mieux n'est pas d'en rester là. Grimper sur l'échelle sociale, la barbe. Je vois les vaches dans les prés, le long de la voie ferrée, entre la raffinerie de pétrole et le terrain d'aviation. Elles ne savent pas qu'elles pourraient être dans l'Aubrac ou les alpages. Elles sont heureuses parce qu'elles n'ont pas d'ambition. Comme ma mère, qui n'attend de la vie que ce que la vie lui donne.

Ma mère, douce et silencieuse.

4

Des gens qui aimeraient sortir de leur condition, il y en a partout autour de moi. Ils rêvent. Ils font la queue dans des bureaux pour voir ce qu'on leur propose, et se satisfont de ce qu'on leur donne. Ils espèrent le festin et se contentent des miettes. Ça me rendrait fou. Eux, ça leur suffit, on dirait. Ils sont heureux avec ça. Et quand ils sont pas heureux, ils vont voir le député Carpentier ou l'abbé Barbotin. Ils savent pas ce qu'ils veulent, c'est tout. Comme dans la chanson préférée de mon père, ces années-là : ils voudraient ben, mais ils peuvent point.

Ils iront d'espoir déçu en espoir déçu parce qu'ils comptent, pour changer la vie, sur les autres, et non sur eux-mêmes. Résultat : ils l'auront jusqu'à l'os, et vous savez quoi ? Ils remettront ça jusqu'à ce que le cul leur en pèle.

Je veux ne rien demander à personne, ne pas avoir de comptes à rendre. Il me faut de l'argent. Après l'école, je travaille chez les voisins. Je tonds les pelouses, lave les voitures, taille les haies, remonte les clôtures, relève les casiers, dégage les pièges. Pendant les vacances, je suis magasinier aux Nouvelles Galeries de Saint-Nazaire. J'apprends à faire partie du paysage, à obéir à des ordres idiots et à fermer ma gueule. Je suis en blouse à garnir le rayon limonade. Mon copain Philou me donne un coup de coude : « Avise les deux pouliches. » C'est ma mère et ma sœur. Elles passent à vingt centimètres de moi sans me voir. Je ne dis pas : elles font semblant de ne pas me voir. Je dis bien : elles ne me voient pas. À ce moment-là, je fais partie d'un monde qui n'est pas le leur.

Un jour – j'ai seize ans –, mon père tombe sur mon livret de Caisse d'épargne. Il doit y avoir trente mille francs. Le scandale que ça fait. Trois millions. À coup sûr, je les ai volés. Jamais, lui qui a travaillé toute sa vie, n'a eu une telle somme sur son compte en banque. C'est bien normal, d'ailleurs, avec les enfants qu'il a dû élever. Où les ai-je pris, ces trois millions ? Facile. Sur un cahier, je note mes heures, clients, gains et dépenses, ces dernières presque uniquement consacrées à l'entretien de mon vélo. On peut y voir, franc par franc, grossir ce trésor, qui écœure mon père. Qui le blesse, même.

« Pourquoi fais-tu tout ça, Jérôme, hein ? On ne te donne pas assez à manger, ici ? Tu n'as pas tout ce qu'il te faut ? Monsieur a des goûts de luxe. Monsieur a honte de sa famille. Eh bien, je vais te dire un truc, mon petit gars. La famille, on n'en sort pas comme ça. On met des siècles à s'élever. Nous, avec ta mère, on vit mieux que nos parents et que nos grands-parents. Ton frère, à son âge, vit mieux que nous. Il a un appartement à Saint-Nazaire. À Saint-Nazaire, parfaitement, Saint-Nazaire ! Mais toi, avec tes rêves de grandeur, tu risques bien de te retrouver en slip. N'oublie jamais que tu viens de la Brière, Jérôme. Tu es un Briéron, tu sens la vase. C'est beau et c'est noble, la vase. Pour nous, c'est la respiration de la terre. Mais, pour les autres, ça pue. Et tu auras beau te mettre tous les parfums que Virginie elle ramène de son coiffeur, tu sentiras toujours la vase. Et c'est nous qu'on aura honte de toi. »

Physiquement, je ressemble à ma mère. Je fais un peu fille, et on se fout de moi, parfois, en classe. Les coups de poing que j'ai pu balancer parce qu'on m'appelle Jérôminette. Mais c'est aussi pour ça que les filles m'aiment bien. Elles croient que je leur ressemble et me suivent dans les roseaux ; là, je leur montre que je ne leur ressemble pas tout à fait, et elles m'aiment encore mieux, parole ! J'ai les cheveux longs, comme les joueurs du F.C. Nantes. C'est la mode. Même mon père, à quarante ans et plus, a les cheveux dans le cou. Raphaël ne sait pas faire autrement. Un jour, je lui demande de me les couper très court pour n'être pas comme les autres. Il refuse, c'est pas moderne. J'insiste. De très mauvaise grâce, il fait un effort. Le résultat n'est pas fameux. Je change de coiffeur, je vais chez Mario, rue de la Paix. Là encore, ça ne plaît pas à mon père : je trahis.

5

Je ne veux pas devenir comme eux. En cachette, je m'inscris à un cours de gym à Trignac. J'y vais trois fois par semaine. Gildas, le prof, m'engueule et m'encourage. Ce club : le seul endroit où je me voie progresser.

J'achète et je planque *Le Monde du muscle.* Je fais attention à ce que je mange. J'ai pour mon corps des attentions de chat. Ce n'est pas pour me pomponner, ni pour plaire aux filles des roseaux, c'est pour me sentir fort. Je suis seul, je dois assurer.

Comme je suis en pleine croissance, personne ne remarque le développement de ma musculature, qui fait régulièrement péter mes jeans et les manches de mes t-shirts.

De toute façon la vedette, chez nous, reste Jacky. Surtout depuis qu'il a ramené cette fille. Marie-Caroline, elle s'appelait. Elle s'appelle encore, d'ailleurs. Car il l'a épousée, ce con.

Bien obligé.

6

Il l'amène juste pour se faire bien voir. Chez nous, les hommes sont des tombeurs. Mon père n'a-t-il pas emballé la reine de Brière, que même Sacha Distel en a été jaloux ? Un tour d'autotamponneuses, et c'est dans la poche. Que manque-t-il à Jacky ? Il a vingt-deux ans, il a le travail, l'appartement, la voiture ; il a fait le service militaire, il lui faut la femme. Un homme sans femme n'est pas un homme. Les pressions sont vives à la table du dimanche.

– Tu vas bien finir par nous ramener une fille ! dit mon grand-père. Tu vas donc pas au bal ?

Mon père intervient :

– Mais voyons, pépé, les jeunes, c'est plus pressé comme avant. Ça se donne du bon temps, pas vrai, Jacky ?

Et Jacky prend son air. Un jour, on le croise avec une fille. Le dimanche d'après, il vient avec. Pas mal, dans le genre décoratif. La voix un peu forte, un vrai carillon. À table, quand elle demande le sel, tout le monde sursaute, les vitres tremblent, le chien aboie dans le jardin, les lapins s'agitent dans les clapiers. Jacky nous l'a amenée comme, au printemps, il nous a montré sa R8. Sans plus. Pour avoir la paix. Ah ! mais pardon, c'est qu'on en parle dès le dessert :

– Alors, c'est pour quand la noce ?

Tête de mon frère. La Marie-Caroline se dandine, glousse qu'elle n'a pas encore eu de demande.

– Bah ! t'en fais pas, ma jolie, dit mon père en se levant pour chercher le kirsch. Chez nous, on est des hommes d'honneur, on laisse jamais les belles jeunes filles dans l'embarras. Pas vrai, maman ?

Ma mère regarde Jacky d'un air attendri. Si elle pense à quelque chose, c'est à la robe qu'elle mettra le jour du mariage. Et si mon frère pense à quelque chose, c'est qu'il vient de se faire baiser bien profond.

Chez nous les filles, on n'y touche pas ou on les épouse. Le mariage flatte d'autant plus mes parents que Marie-Caroline est la fille d'un employé du Crédit Lyonnais de Saint-Nazaire qui, d'après mon cousin le parfumeur, a des chances de passer sous-directeur. Résumons : Jacky enlève une fille de la haute, voilà ce que c'est les hommes, chez nous. Enfin, les vrais ! ajoute mon père avec un regard appuyé sur ma pomme. Tout ça parce que la gueularde habite la ville et que son père lui a offert une R12 NEUVE. Évidemment, avec les taux qu'ils ont, au Lyonnais.

Moi, bien sûr, je vois mon avantage. Après le déjeuner des fiançailles, je m'approche du beau-père histoire de causer un peu. Je lui demande comme ça, à voix basse, s'il n'aurait pas des placements intéressants pour les jeunes. Le type fronce les sourcils, répond dans le vague, et mon père nous sépare : c'est pas le moment d'embêter Monsieur avec mes salades. N'empêche, je le trouve mou sur le client.

Ils partent en voyage de noces dans la R12. Sur le pare-brise, le père de Marie-Caroline a mis un autocollant « Convoi d'Anges Heureux ». Quand ils reviennent, elle est enceinte. Deux ans plus tard, elle remet ça. Kevin et Cindy. Qu'est-ce qu'elle a pu nous bassiner avec ses prénoms ! Elle en changeait chaque semaine : son seul sujet de conversation. Mon frère semble un peu éteint. Accablé, même. De ramenard, il devient modeste, discret et même craintif. Aux déjeuners du dimanche, il se tait. « Pauvre Jacky, il est fatigué.
– C'est ça, les jeunes mariés ! répond mon père. Sacré Jacky ! »

Pour moi, c'est la voix de sa femme. Déjà, avant la noce, elle parlait tout le temps. Maintenant, c'est un récital. Elle hurle sur les mômes et nous braille leurs aventures : couches, morve, varicelle. Face à une femme qui semble ne parler qu'à travers un porte-voix, on ne peut que se taire. Dès que Marie-Caroline paraît, nous rentrons la tête dans les épaules en attendant des temps meilleurs. Mais pour mon frère, c'est tous les jours l'orage : voilà pourquoi il est cramé. Ça me rappelle une phrase de ma mère, quand nous nous disputions : le plus intelligent arrête. Dans le mariage, c'est la même chose :

le plus intelligent arrête ; sauf que c'est aussi le contraire : le plus intelligent arrête d'être intelligent. Dans un mariage, c'est le con qui mène la danse. Cela dit sans offenser les dames.

Quand on voit le ménage de mon frère, il n'est pas difficile de voir qui porte la culotte. Jacky est absent, sonné, mis K.-O. par la voix forte de Marie-Caroline, les glapissements de Kevin, les pleurnicheries de Cindy. Le ton est donné, ça durera toute leur vie. Du solide, certes, mais le solide, ça vaut quoi ? Bientôt, Jacky rejoindra dans les bistrots tous ces maris qui n'ont pas envie de rentrer chez eux.

Voulant se consacrer à l'éducation de ses enfants, Marie-Caroline ne travaille pas. Mon père y voit une preuve d'élévation sociale. Tout ce monde vivote sur le maigre salaire de Jacky. Marie-Caroline n'a pas d'ambition. Son seul plaisir est de remplir, chaque samedi, son chariot au supermarché. Jacky suit avec les enfants. C'est la fête.

Sauf pour mon frère, devenu prudent. Autant dire peureux. On n'entend plus beaucoup parler de ses exploits. Silence qui passe pour de la finesse.

– Quand on veut assurer sa carrière, m'explique mon père, il faut savoir avancer, puis reculer. Être malin. Et ça, pour être malin, ton frère, il est malin. Il aurait fait un grand diplomate !

– Alors, pourquoi il a fait petit fonctionnaire ? je réponds.

La vérité, c'est que mon frère a la trouille. Il a vu la

vie claquer sur lui comme la porte d'un couloir. Plus de retour possible, ni de détours. Ligne droite et marche forcée. Pointer du lundi au vendredi. Pousser des chariots le samedi dans les supermarchés, un bébé devant, un bébé derrière, d'autres qui viendront. Desserrer la ceinture aux repas du dimanche. Devenir sourd avec la Marie-Caroline. De flamboyant, il est devenu gris. En cendres. Mort.

7

Je m'en fous, je vais à la gym et je gonfle avec Gildas. J'accélère le rythme : cinq séances d'une heure et demie par semaine. S'il n'avait pas été là, Gildas, j'aurais flanché : soulever de la fonte, quelle chiasse ! Mais je ne veux pas déchoir et j'enchaîne les mouvements.

Gildas m'apprend la méthode, le calme, le temps, la discipline. Il m'apprend à gagner de la force en douceur, presque en douce. En fait, il ne s'agit pas que de soulever de la fonte. Il faut aussi être diététicien, chimiste, médecin. On ne peut manger n'importe quoi, et ma mère cuisine robuste. Je ne veux pas attraper une brioche dure et des cuisses grêles, comme les pépères d'ici. Je me mets discrètement au régime.

Enfin, discrètement… Un jour, je laisse traîner *Le Monde du muscle.* Mon père le feuillette en rigolant. Ma mère ne dit rien. Ma sœur pique le magazine pour glousser avec ses copines.

C'est pas gagné.

L'été d'après, à la fête du 15 août, on me regarde

comme jamais. Mon frère me fait même, pour la première fois de sa vie, une réflexion désagréable. Je lui réponds que je préfère la gonflette plutôt qu'être tous les soirs devant la télé à boire de la bière, tous les dimanches à m'empiffrer. À part le pousser de chariot le samedi à l'Auchan, le seul sport de mon frère : la pétanque Pernod. Jacky remue la tête.

– Mais enfin, Jérôme, ça te sert à quoi ?

Je le regarde droit dans les yeux.

– Ça me sert à cogner les mecs qui me font chier.

8

Un jour, je cogne un patron, et ça me fait du bien. C'était la seule solution : il ne voulait pas me payer. Il me dit que je dois attendre un peu, comprendre.

Comprendre quoi ?

Le mec semble ennuyé. C'est un patron, mais ce n'est pas un salaud. Il me parle d'échéances, de charges, de retards (« Plus personne ne paie, maintenant, c'est la nouvelle mode »), d'huissiers, de sa femme dépensière (« Vous êtes marié ? Vous avez raison, ne vous mariez pas, mon vieux »), de ses fils qui lui coûtent bonbon, de son garagiste : un voleur, et de la cure de thalasso qu'il doit faire pour tenter de décrasser la mécanique et survivre quelques années de plus (« Ah ! pas pour moi, vous pensez bien, mais enfin j'ai des responsabilités »). Il a l'air fatigué. Il souffle.

Il souffle, mais il ne sait pas respirer. J'ai presque envie de lui apprendre deux trois trucs qui le détendraient, mais je dois rester à ma place. J'ai de la considération pour cet homme. Un patron, mais un type bien. Il me prend par l'épaule. Jamais mon père n'a fait ça. C'est bête à dire : d'un coup, je me sens un homme. Ça me gêne tout de même un peu, cette familiarité : j'ai l'impression d'être peloté. Il s'en rend compte, il s'écrie : « Eh bien, vous en avez du biceps ! » Il a un mouvement de recul et retombe dans son abattement. Il m'envie, j'ai la vie devant moi, l'avenir s'ouvre, je suis jeune (« Quel âge, déjà ? Ah ! la vache ! »), je n'ai aucun souci, il aimerait bien être à ma place. De la part d'un tel homme, ça me flatte un peu. Je me sens me redresser, grandir, me dilater. Enfin, façon de parler.

Tout de même, je suis bien embêté à cause de l'argent. Lorsque je lui explique, Gildas se fout de ma gueule. Il me fait monter dans sa voiture. Il m'emmène voir la maison du mec. Dans un journal, il me montre le prix d'une semaine de thalasso. Il me met le nez devant la carte du restaurant diététique. En trois semaines, le mec claque cinq fois ce qu'il me doit depuis trois mois.

À son retour de Quiberon, il a minci, me parle de ce qu'il a fait, ses amusements, tout ça. À la fin, je lui dis :

– Vous avez mon argent ?

– Ah ! ne m'embêtez pas, j'ai d'autres soucis en tête.

– Justement, libérez-vous de vos soucis. Payez-moi.

– Je vous ai déjà donné de l'argent.

– Pour un travail qui a été fait. Depuis, j'en ai fait d'autres.

– Bon, je vais voir.

– Quand ?

– Je ne sais pas. Quand je pourrai.

– Demain.

– Impossible.

– J'attends depuis trop longtemps. Je veux le chèque demain.

Le lendemain, pas de chèque. Je cours à son bureau. Monsieur est en rendez-vous.

– Je veux le voir.

La secrétaire essaie de me barrer la porte, je l'écarte doucement et j'entre. En effet, il est en rendez-vous.

– Oui, qu'est-ce que vous voulez ?

– Mon argent.

– Je ne l'ai pas, je suis occupé. Revenez demain.

– Ni demain, ni cet après-midi. Maintenant.

Le type est embêté. Les gens de la réunion rigolent. Alors, il crie : c'est une erreur, il ne me doit rien, c'est une arnaque, « Vous avez le bon de commande ? », il a été bien bon de me donner du travail, c'est fini, maintenant, je peux dégager.

Je sors sans répondre. En refermant la porte, je l'entends dire que les petits merdeux dans mon genre, il sait les traiter, que je peux toujours m'asseoir sur mon fric et que, de toute façon, il me doit rien.

Toute la journée, je me planque dans la petite cabane à outils, et j'attends. Quand je le vois sortir, je viens me poster en silence près de sa voiture. Je ne dois pas avoir l'air commode, il n'est pas tranquille.

– Vous ne m'avez pas assez emmerdé comme ça, aujourd'hui ?

– Mon chèque.

– Sûrement pas.

Je lui lance un poing dans le ventre, un autre dans le nez. Il s'affaisse contre sa Merde SS, du sang gicle de son groin. Je lui prends les deux oreilles, elles sont grasses, et je lui tape la nuque contre la portière. Puis, je lui colle mon genou sous le triple menton, et j'appuie. Il couine un peu et me regarde, l'air suppliant. Il a peur, ça fait vraiment plaisir. J'ai envie de lui pisser dessus. Je suis calme.

– Je veux le chèque demain. Sinon, je viendrai t'attendre, soit ici, soit chez toi. Je sais où t'habites.

Je lui donne son adresse. Il a l'air drôlement étonné.

Le lendemain, j'ai mon chèque par porteur particulier. Bien sûr, il ne m'a plus jamais fait travailler. Mais ça, je m'en fiche : je suis bien trop content. Je ne dis rien à personne. Surtout pas à Gildas. C'est la première fois que je me sers de ma force et que je règle mes problèmes seul. Ce qui m'autorise à rigoler quand j'entends mon père parler de la lutte contre le patronat. Moi, au moins, je sais ce que c'est.

Et je sais aussi que, quand un pauvre et un riche parlent d'argent, ils ne parlent pas de la même chose et ne peuvent se comprendre.

9

Nous, les gars qui faisons de la gym, on nous prend pour des mecs qui se regardent le cul et se reniflent sous les bras. Ouais, je voudrais bien les y voir, moi, ceux qui rigolent. À part critiquer, je me demande de quoi ils sont capables. Et c'est pas demain que j'irai me faire ramoner la colonne par les pépères qui laissent tomber leur savonnette dans les douches, « Tu peux me la ramasser, dis, Jérôme ? » S'ils croient que je les vois pas venir. « Mon cul, il me sert uniquement à m'asseoir », je réponds, dans le genre Grand Siècle. Non mais.

En soulevant de la fonte, j'ai appris des conneries qui m'ont fait avancer dans la vie : le sens de l'effort et de la résistance ; que rien de ce qu'on veut n'est impossible si on y met le prix, mais qu'il faut y mettre le prix. Vraiment. On ne triche pas. Avec la vie, c'est donnant-donnant. Pour se développer extérieurement, il faut d'abord se développer intérieurement – et, souvent, cela suffit. C'est con, hein ? OK, c'est con, mais ça rend libre.

Ces muscles supplémentaires, d'où me sont-ils venus, sinon de moi ? Enfant, j'étais maigrichon, destiné à devenir une asperge comme ma mère, puis à empâter comme mon père. Grâce à ma discipline, je me suis étendu, étoffé, élargi. Devenant fort extérieurement, intérieurement.

Je me suis bâti mes remparts, derrière lesquels je les emmerde.

10

Les gens d'ici aiment la grosse rigolade, mais ils n'ont aucune gaieté. Ils se regardent sans se parler et, quand ils se parlent, ils regardent ailleurs, vers le ciel, les roseaux, l'eau brune. Nous passons notre temps le nez en l'air, à humer le vent qui a des parfums de tabac gris, de poivre, de violette ; et de pain frais quand le soleil chauffe la vase. L'air nous met à la bouche l'eau qui sent la terre et le fer.

Mon village est une rue sinueuse de deux kilomètres, qui ne retient pas le vent. Les gens filent devant les fenêtres derrière lesquelles d'autres gens se parlent à voix basse de ce qui leur arrive, c'est-à-dire de rien. Leurs vacances, leur sciatique, les dents du petit, le mariage de la grande, la mort de la vieille : rien. On en bavarde à l'infini. Mais quand, par hasard, il se passe quelque chose, on se tait : le mur. Un épisode qui sort de l'ordinaire sort aussi de la conversation. Pour juger un journaliste, nommez-le correspondant permanent chez nous. S'il arrive à nous faire parler, c'est qu'il est très fort.

Parler, nous ne savons pas. Chasser le canard ou la grenouille, pêcher le brochet, la carpe ou ces salopes d'écrevisses, ça oui. Mais en silence. Nous laissons la parole à ceux qui ont quelque chose à cacher. Nous laissons les bavardages aux malins et la malice aux gens des villes. La nature pense pour nous : elle nous baigne, nous berce et nous porte. Elle ne nous donne pas d'ordres, elle nous ordonne. Contrairement à l'anarchie des villes où le plus coriace prend le dessus, nous n'avons pas à nous en faire, ici, dans les marais. Nous savons quand passent les canards, quand se déploient les anguilles et comment nous protéger des moustiques et des ragondins. Nous sommes plus démunis contre les gens, sauf quand ils sont de chez nous.

11

Pourtant, depuis toujours je pense à partir. Foutre le camp. Je veux apprendre le droit. Nul n'est censé ignorer la loi, mais qui nous l'apprend ? J'ai dix-huit ans, je veux savoir, je m'inscris en fac à Nantes, ce que ma famille prend très mal. Nantes n'est qu'à vingt minutes de chez nous – trente avec ma 104 rouillée –, mais passer les hauteurs de Savenay, c'est s'embarquer pour l'Amérique. Pour les gens d'ici, la côte de Savenay, qui mène au plateau où Nantes brille de tous les feux de la Loire, est la frontière d'un pays où les cadets en quête d'aventures vont se perdre entre les cuisses des femmes.

Mon départ est l'occasion d'un banquet triste. Au dessert, mon père se lève et parle, comme il l'a déjà fait au mariage de mon frère. Je suis ému. C'est la première fois que mon père me prend en considération. Il se fend d'un discours désolé comme quoi lui, le chef de famille, parlant aussi bien en son nom personnel qu'au nom de tous et de chacun, sait bien que vient le moment où les fils doivent partir. Qu'il respecte ma décision, mais regrette tout de même un peu que je ne me sente pas bien parmi eux, puisque j'ai choisi l'inconnu, l'aventure, le hasard. Eh bien, bonne chance à toi, Jérôme. Il lève son verre, et tous l'imitent. Je ne sais pas si je dois répondre, me lever, l'embrasser ou quelque chose comme ça. L'instinct me conseille le silence. Je dis « ouais » et brandis mon verre vide – je ne bois pas, encore une bizarrerie. Puis, mon père vient m'embrasser : « Adieu, petit », et me dirige vers la porte, qu'il ouvre en grand.

Je n'avais pas prévu de prendre congé si tôt, mais je ne suis pas un gars à reculer devant une porte ouverte et, toutes mes affaires dans ma voiture, je pars pendant que s'éparpillent ma mère pour préparer le café, mon frère pour sortir la gnôle et Marie-Caroline pour aller faire coulette – encore une de ses expressions chic. Dans le jardin, Kevin et Cindy, qui donnent à manger aux lapins, ne se dérangent pas pour m'embrasser. Plus tard, j'apprends par Gildas, passé me dire au revoir à la maison, qu'il a juste vu mon père installer dans ma chambre son bureau de secrétaire de l'Association des Gars de Fédrun.

12

Ce qui m'étonne d'abord à Nantes, c'est le parfum. Chez moi, où on est pourtant plus près de l'Atlantique, l'air sent l'eau, qui sent la terre, la boue, la rouille, la moisissure, la pourriture, la mort. L'eau est croupie. Elle se demande ce qu'elle fait là. Nous aussi, d'ailleurs, on se demande ce qu'elle fait là ; à part nous faire chier. À Nantes, les marées remontent la Loire et, par vent d'ouest, la ville sent l'iode et le sel, ce qui excite tout le monde. Le vent de sud rabat les parfums de gaufrette chaude et de framboises de l'usine de Pailles d'or, près de la gare, ce qui engourdit. Nantes est ainsi, tour à tour engourdie, excitée. Comme moi, cette année-là.

La fac de droit est en dehors de la ville. Au nord. Avec la fac de lettres. On prétend que c'est pour éloigner du centre l'étudiant chahuteur. Mai 68 aurait laissé des traces. Les étudiants gauchistes aiment bien dire des trucs comme ça. Ça les met en valeur. Qu'ils croient ! Moi, je m'en fous bien, des étudiants gauchistes. Ils n'arriveront à rien, même pas à prendre le contrôle de leur propre vie. Ils finiront tous fonctionnaires la semaine, à l'Auchan le samedi.

J'ai une chambre à la Cité universitaire. Dans un bâtiment de béton, très sonore. Garçons et filles, sur trois étages. Des salles de douche. Un foyer où je ne mets pas les pieds. Une salle de ping-pong où personne ne va. Ma chambre au troisième, sol de lino, plafond de néon, lit qui couine, fauteuil rude, table, chaise, placard. Je me sens le roi du pétrole. Je mets aux murs des posters de Christie Brinkley, le mannequin californien à la mode, ces années-là. La petite sœur de Bo Derek. Ça ne fait pas sérieux, mais c'est la fille qui me fait le plus bander. J'ai besoin qu'elle m'encourage. C'est la fille de mes rêves, la femme que je veux, tonique et douce. Elle est sur le mur, me sourit, me pardonne et m'encourage. Elle règne en souveraine. Elle est la reine, je suis à elle. Avec elle, j'ai la sensation physique de commencer à vivre.

La veille de la rentrée, je n'arrive pas à dormir. Pas à cause de Christie ou de l'odeur salée. J'ai peur, tout simplement. J'ai dix-huit ans, je suis seul dans une ville où je ne connais personne, et c'est la première nuit que je passe en dehors de la maison familiale.

Je navigue à vue dans une ville inconnue. Pas un point d'ancrage, sinon quelques potes de terminale, débarqués de Saint-Nazaire, aussi paumés que moi, et avec qui je prends d'emblée mes distances. D'emblée. D'instinct.

De l'instinct, j'en ai. Je suis d'une race de pêcheurs, de chasseurs, de sauvages. Nous, les Briérons, n'avons jamais connu la ville, mais nous ne sommes pas des bouseux, loin de là. Nous sommes à part, étrangers à toute reconnaissance républicaine, légitimés depuis des siècles par les ducs de Bretagne et par les rois de France. On est de la vase, mais on n'est pas de la merde. On est des aristocrates, même si l'Histoire nous a placés dans une sorte de réserve. Nous sommes des vaincus, des sudistes. Nous sommes des animaux protégés, mais pas domestiqués. Voilà pourquoi je ne recherche pas l'estime de ces connards parmi lesquels je me retrouve. Je ne veux pas qu'ils m'engluent. Je veux être libre et seul.

J'évite les autres, surtout ceux qui me cherchent. Isolé dans ma propre famille, la solitude ne m'a jamais effrayé. Le sport m'a appris à n'être jamais perdu avec moi-même. Quand on est avec soi, on est tantôt avec un ami, tantôt avec un traître. On est avec son estomac, ses bras, ses jambes, ses pectoraux, ses dents, tout cet attirail qui peut nous donner autant de plaisir que de souffrances. Combien de membres, d'organes, de muscles ? Tu parles d'une solitude !

Ce qui m'horripile, ce n'est pas d'être seul, mais d'être parmi des esseulés qui n'ont pas envie de le rester et qui sont là, à se regarder, se toiser, s'approcher, se flairer. Je les sens tous à danser autour de moi, et ça me tripote.

Déjà, à la Cité universitaire, j'ai repéré deux ou trois de ces lourdauds. Ils cherchent à entrer en contact avec moi, l'un pour les places de parking, l'autre qui ne trouve pas le chemin des douches, et puis quoi, encore ? Y en a pas un qui veut que je vienne le torcher ? Je réponds évasivement mais, le jour de la rentrée, ils viennent vers moi comme si nous étions de vieilles connaissances, alors que nous n'avons rien à nous dire. Moi, quand j'ai rien à dire, c'est très simple : je ferme ma gueule.

13

En cours, je ne parle à personne et, sitôt expédié mon déjeuner au restaurant universitaire du Tertre, j'enchaîne les tours sur la piste de l'hippodrome. Je cours une heure lente, tranquille, en petites foulées, au milieu des chiens qui promènent leur vieux, des filles qui s'essoufflent, un walkman sur les oreilles, et des militaires qui s'entraînent au rugby. Puis, j'enfourche mon vélo et file du nord à l'ouest vers la piscine de l'île Gloriette, où je nage vingt longueurs, brasse et crawl, sans m'arrêter, une demi-heure. Les cheveux mouillés, je remonte au Petit-Port à la salle de gym des étudiants. Entre mes cours et mes courses, je ne vois pas passer le temps et, sitôt rentré à la Cité U, je m'abats comme un chêne jusqu'au lendemain matin, où je me redresse comme un roseau.

Ma vie est rigoureuse, et j'aime ça. J'aime quand c'est difficile. J'aime ne pas aller bien. J'aime l'effort. J'aime l'inconfort. J'aime exiger de moi l'impossible. J'aime ne pas m'écouter.

Les cours ne m'intéressent pas, mais ils ne sont pas là

pour ça. Je vais à la fac comme je vais à l'Auchan. Les profs sont des fournisseurs et des entraîneurs. Avec eux, je prends du savoir comme, sur le stade, je prends du souffle et du muscle en piscine.

Peu à peu, je regarde les gens autour de moi, ainsi que l'avait fait ma mère quand nous avions été invités à un déjeuner à la sous-préfecture de Saint-Nazaire. Tenue n°1. Mon père, mal à l'aise, boit et en rajoute dans le personnage de prolo blagueur. En sortant, il critique ceux qu'il vient de flatter. Servile à table, ricaneur au dessert. « Non, se contente de dire maman, c'était intéressant, j'ai bien tout regardé. » Ce déjeuner chez le sous-préfet lui est apparu comme une excursion. Elle a bien tout regardé, comme lors d'une visite du Mont-Saint-Michel. Comment les gens mangent. Je me rappelle ce déjeuner, cette réflexion. Moi aussi, je regarde bien tout.

On m'a mal éduqué. Je ne sais pas me tenir à table, je prends mal mes couverts et je dois me retenir de saucer. Je fais des calembours à la noix. Je dis des gros mots. Je parle mal. Parler mal, c'est comme sentir mauvais : ça éloigne les gens. Voilà pourquoi je reste à l'écart.

Je regarde et j'apprends.

14

Un soir, événement !, un télégramme. Ma mère annonce sa visite. Deux mois que je suis parti, deux mois que je n'ai pas donné de mes nouvelles, elle veut voir si tout va bien.

Je vais la chercher à la gare. Elle s'est équipée comme pour une expédition.

Dans notre village, elle passe, comme je l'ai dit, pour une très belle femme. Grande, droite, élancée, ondulantc, majcstueuse. Dans les rues de Nantes, elle est toute petite, elle hésite, trébuche, flageole, menue, apeurée, oppressée, respirant mal, croisant partout des gens joyeux, éclatant de rire dans les rues, les salons de thé, les vitrines, les restaurants. Ma mère s'étonne et se choque d'une telle gaieté. Elle croit que les gens ont bu. Que c'est la mi-carême, est-ce que les gens n'ont pas autre chose à faire que traîner dans les bistrots ?

Je l'emmène à la Cigale, ça l'effare. Elle trouve tout trop cher, calcule ce qu'elle aurait payé au marché, regarde les autres femmes d'un air mi-soumis, mi-réprobateur, veut aider la serveuse, veut manger ou emporter tout le pain de la corbeille, le sucre des cafés, c'est toi qui paies, après tout, Jérôme, c'est à toi.

Elle me fait honte. J'aurais aimé qu'elle s'amuse, qu'elle ait des bulles de champagne sur le nez et qu'elle éclate de rire, un peu grise, en me souhaitant bonne chance, puis qu'elle me parle doucement d'elle et de papa. Mais elle passe le déjeuner à râler. Elle trouve que je gaspille. Elle aurait dû apporter des sandwiches dans du papier alu, et on serait allé les manger là, dit-elle en montrant le cours Cambronne. Elle me gronde, en quelque sorte, et, quand je demande une demi-bouteille de muscadet pour les huîtres :

– Parce que tu bois, maintenant !

Nous nous séparons mécontents l'un de l'autre. Ce soir-là, je me sens très seul. Une fois de plus. Et, curieusement, soulagé. Débarrassé de ma famille.

Léger.

15

La visite de ma mère m'a tout de même apporté un peu de cet air des marais qui, à la fois, me rejette et me réveille. Je dois cesser de tourner en rond entre le stade, la piscine et la fac ; et regarder autour de moi tous ces gens heureux d'être ensemble sans moi. J'ai perdu de ma superbe. Je veux des amis, plus personne ne vient vers moi, je ne sais pas vers qui aller, où me tourner. « *Quid faciam, o judices, quo me vertam ?* » C'est de Cicéron, c'est tout ce que j'ai retenu de mes cours de latin. Hé !

Un jour, une fille vient s'asseoir à mes côtés. Elle me sourit, « La place est libre ? », je réponds *glourq*. Elle sort de son sac un paquet de feuilles perforées, un stylo quatre couleurs Waterman en métal et un double décimètre. Elle écrit en noir et souligne en vert. Elle n'est pas très jolie, mais elle sent bon le savon et le miel. Je dis : elle n'est pas très jolie, mais qu'est-ce que je sais de la joliesse des filles ? Des filles m'avaient montré leurs seins dans les roseaux, c'était marrant, c'était chaud, on rigolait bien, mais on se regardait à peine. Là, d'un coup, je les vois autour de moi, ces centaines de filles que je me mets à observer. Ma voisine se penche sur moi.

– Quoi, la loi de 1946 ?

Mais je n'ai pas noté, je rêvassais, elle grogne un peu, se retourne vers son autre voisin et ne fait plus du tout attention à moi. Ce fut, cette année-là, ma seule relation féminine.

Je regarde aussi les garçons. Ces fils de famille qui entrent en bandes joyeuses dans l'amphi comme dans un salon, ne doutant de rien, surtout pas qu'ils sont ici et partout chez eux. Je les envie, je les admire et je les hais.

Qu'est-ce que j'en ai à foutre, de ces mecs ? Ils roulent en Golf ou en Ford, passent leurs soirées au Palatium, au Marlowe, au Castel. Ils ont des souvenirs et des projets de vacances. C'est la jeunesse dorée de Nantes, et je n'en ferai jamais partie. Ils ont trop d'avance sur moi. Ils sont dans un autre monde, que ma mère, par exemple, ne pourrait même pas imaginer. Ils sont bien élevés, élégants, parfumés, nonchalants, entourés d'une nuée de filles maquillées, embagouzées, emperlousées, enfoulardées, escarpinées, brossées.

Parfois, j'ai la rage et je suis malheureux d'être si peu armé pour ce qui m'attend. J'ai peur et je les regarde. Eux, si calmes et insolents, sûrs d'eux-mêmes et de leur place dans la vie. Et puis, je m'en fous et je les emmerde. D'où je viens, mon installation à Nantes est déjà une aventure. Quoi que je fasse, ne pouvant reculer, j'ai avancé. Eux, pas encore. Prenez Antoine Chalaffre : il n'y a aucune différence entre son année de terminale et sa première année de fac. Né à Nantes, il a grandi et mourra à Nantes. Comme ses parents. Comme ses grands-parents. Dans une grande maison du boulevard des Poilus – ce que les notaires et les agences immobilières appellent un hôtel particulier. La première fois que j'y vais, pour lui rendre un Dalloz, je suis impressionné. C'est un monde qui s'ouvre, sinon à moi, devant moi, comme un gouffre. Mais son aventure à lui, où est-elle ? Un chiot en laisse, voilà ce qu'est Antoine Chalaffre. Il a passé sa scolarité à dix minutes à pied de chez lui. Pendant quinze ans, il a fait quatre fois par jour le même chemin. Cette année, il change juste de trajet pour la fac, dans la Ford Fiesta que ses parents lui ont achetée, et qu'il remplit de filles brossées.

Il m'apparaît vite que cette bande détient un pouvoir que je ne comprends pas et dont ses membres n'ont même pas conscience. Ils sont chez eux, voilà. Ils tiennent la ville parce qu'ils connaissent du monde. Ça les porte et les retient. Ça les réchauffe et les asphyxie. Moi, je ne connais personne, mais je suis libre.

Un jour, à la piscine, je croise Chalaffre et Tessier. Me rhabillant, je les entends se parler d'une cabine à l'autre, alors qu'ils me croient encore dans le bassin.

– T'as vu qui était là, à crawler comme un malade ?

– Ouais, Jérôme.

– Il est vachement bien roulé, la vache !

– T'es pédé, maintenant ? C'est nouveau, ça !

– Mais non, t'es con ! N'empêche, j'aimerais bien être gaulé comme lui. Je me demande à quel club il va.

– T'as qu'à être paysan, Yann, les travaux des champs, ça muscle.

– Ah ! c'est un paysan.

– Ben oui, t'entends pas comme il parle ? Et puis, il est toujours habillé pareil.

– Ça, c'est vrai, j'ai remarqué, il est mieux à poil qu'habillé. Un vrai plouc. Bon, t'es prêt ? On fait quoi ?

– On n'a qu'à passer chez la sœur de Manuella Decré, elle habite à côté. Ensuite, on va au Palat'.

– Parce que tu fréquentes les fournisseurs de ta bonne, maintenant ?

– Tu te baignes bien avec les pécores !

16

Je ne veux plus les voir. Je suis seul au milieu d'une foule en fête. Je suis cet empressé dans l'amphi, ne changeant peut-être pas de pull ou de chaussures, mais de place tous les jours pour ne s'attacher personne. Je suis ce zélé penché sur ses feuilles, voulant n'écouter que la voix de son prof. Je suis encore ce coureur enchaînant les tours sur la cendre légère de l'hippodrome, voulant n'écouter que les cognements de son cœur et le sang qui lui bat les tempes. Chaque foulée me renforce et m'allège. Je cours longtemps. Je ne vais plus à la piscine. Je suis malheureux, perdu dans une contrée dont je ne comprends ni le langage, ni les codes, ni le fonctionnement. En exil chez les Sauvages. Qu'est-ce que je fais là ? Parfois, j'aimerais revenir en arrière.

De temps en temps, j'ai l'idée de rendre visite à mes parents, mais je n'ose pas. Beaucoup le font tous les week-ends, pendant que je traîne. Ils partent le vendredi avec un baluchon de linge, font la fête le samedi, rentrent le dimanche soir avec la gueule de bois et des chemises repassées.

Je suis seul à Noël et au jour de l'an, mais j'ai de bons résultats aux partiels de février. Quand on nous rend nos copies, j'entends derrière moi Valérie Blanchard qui s'écrie : « Ouais ! mes vieux vont être super contents ! » Valérie, c'est une fille blonde, avec de bonnes joues et des cheveux assemblés en chignon par un crayon, une vareuse kaki et une chanson de Stevie Wonder aux lèvres. *Master blaster*, je pense toujours à elle quand j'entends ce disque. Je me dis que, moi aussi, mes vieux vont être fiers de moi, et je roule vers la Brière, où j'arrive entre chien et loup. Dans la lumière bleuâtre, incertaine, du soir qui monte, je vois une lueur dans la maison et, par la fenêtre, les ombres de mon père, de ma mère et de ma sœur assis devant le téléviseur. Ma mère trouve du chic à Jean-Pierre Descombes et ne raterait *Les jeux de vingt heures* pour rien au monde. Je n'ose pas entrer et file à Trignac chez Gildas et Myriam, qui débouchent le champagne pour moi et me gardent à dormir sans me poser de questions.

Dormir, façon de parler. Je reste les yeux ronds dans le noir. Que m'importe l'estime de mes parents ? Jamais ils ne se sont intéressés à ce que je faisais. Ni à l'école – carnets signés sans être lus –, ni dans le sport. « Jérôme, bah ! On se fait pas de souci pour lui » est la réponse que j'ai le plus souvent entendu faire à des gens qui demandaient à mes parents comment je « marchais ».

Mais je dois reconnaître que, moi non plus, je ne me suis jamais vraiment intéressé à eux.

Il faut croire que j'ai fini par m'endormir puisque Gildas me tape sur l'épaule à 8 heures. Myriam est au marché, le café est prêt. Je titube en slip jusqu'à la cuisine. Gildas et son regard de maquignon :

– Tu devrais t'entraîner, Jérôme, tu t'empâtes.

– Je cours, je nage, je fais du vélo, je me pèse tous les jours : je n'ai pas pris un gramme.

– Peut-être, mais les muscles que tu ne travailles pas, ça devient de la graisse. Tu t'amollis, mon vieux.

J'aime Gildas plus que mon père, et je lui dois beaucoup : il m'a endurci. Avec des conneries, peut-être, et alors ? Ça me sert, aujourd'hui. Gildas m'a obligé à une discipline. À me rendre à heures fixes dans une salle de gym, tous les jours, quelle que soit mon humeur. Soulever de la fonte, franchement, c'est con. Mais ça oblige. Se fixer un but tout bête, sans en parler à quiconque, s'y tenir pour ne pas avoir honte de soi, pour s'estimer et se calmer. Avoir la satisfaction secrète d'y arriver. J'ai passé ma jeunesse à me lancer des bâtons et à courir pour les rattraper. Le sport, tel que je l'ai pratiqué chez Gildas, a donné comme un sens à ma vie. Une direction et une justification. Mais c'est fini, tout ça. Bien fini. Je suis passé à autre chose, et je ne veux plus penser à mes triceps. Gildas proteste un peu, mais il sent bien que tout cela ne m'intéresse plus, et il n'insiste pas.

17

Vers 17 heures, le jour des résultats, j'arrive à la fac plein d'angoisse et très sage. Depuis des jours, je dors mal. Ma vie se joue là. Je passe les matières en revue. Je me donne des notes. Je me dis : ça devrait aller. Je cherche au hasard des signes, des 2 CV rouges, des bordures de trottoir, des bossus, des abbés à bicyclette, tout ce qui peut porter bonheur.

Ne sachant où aller, je me perds dans le brouhaha du hall. J'entends des rires, des cris, des appels. Je vois des filles en larmes et des mecs qui la jouent détaché. Je tangue dans la foule, on me tape sur l'épaule, je me retourne, c'est Antoine Chalaffre avec un grand sourire : « Bravo, mon vieux, les doigts dans le nez », puis un groupe passe entre nous et, quand je me retourne, je vois Antoine se diriger vers la porte, avec sa bande, dans de grands éclats de rire et de tapes dans le dos. Je suis porté par la presse vers les panneaux d'affichage.

Un échec m'eût anéanti, mon succès ne me dilate pas. Au moment où je touche mon but, mon but s'éloigne, et ma joie avec lui. Le premier auquel je pense est Antoine – reçu, lui aussi –, envolé avec ses amis vers quelque bar où ils fêteront ça. Ils iront au Palatium, puis au Spot, puis au Marlowe, puis au Castel, chez Cécile Chan. Je connais leur circuit, trop cher pour moi. N'ayant voulu m'encombrer de personne, je reste seul avec cette victoire qui fond entre mes mains et dont tout le monde – moi le premier – se moque.

J'appelle quand même chez moi. Je tombe sur ma mère.

– Je voulais vous rassurer, c'est tout.

– De quoi, mon petit ?

– C'est dans la poche. Les doigts dans le nez.

– Dans la poche, les doigts dans le nez ? Mais de quoi parles-tu, Jérôme ? Tu as encore bu.

– Ben, mes examens. J'ai les résultats, c'est bon, je te dis.

– Quels examens ? Tu es malade, Jérôme ? Ça m'étonne pas, tiens. Je sentais quelque chose. J'avais un pressentiment. Les mères ne se trompent jamais. Il faut dire, avec la vie que tu mènes. Tu manges bien, au moins ?

– Mais non, maman, mes examens de droit, à la fac. Mes études. J'ai réussi.

– Ah bon. Tu as un travail, alors. Fais attention à ne pas te faire avoir, Jérôme. Demande conseil à ton père. Ou à ton frère. As-tu un contrat, au moins ?

– Mais non, maman, c'est juste la première année. Ça continue.

– Eh bien, si t'as pas terminé, Jérôme, pourquoi me dis-tu que tu as réussi ? Termine d'abord, on verra ensuite si ton père peut quelque chose pour toi. En tout cas, il compte sur toi le 15 août.

18

Personne à qui parler. La maison de Gildas est la seule qui me soit ouverte. C'est une vieille grande baraque dans un jardin entouré de murs épais, en plein Trignac. Ils appellent ça « le kibboutz ». Au début, ils sont trois couples. Ils veulent une vie différente, ne pas se laisser emprisonner par la société de consommation, ce genre de rêve : rester entre personnes choisies selon des règles discutées et approuvées par tous. Les hommes ont retapé les bâtiments. Chaque couple a sa maison, à chaque point d'une cour pavée fermée d'une grange abritant un théâtre de marionnettes, un atelier de vannerie et un foyer où tous prennent leurs repas avant de sortir les guitares. Ils ont toujours l'air de s'amuser, s'entendent à merveille, se moquent des cancans et finissent par se séparer en douceur, « Mais c'est la vie, Jérôme, tu dois comprendre, mon garçon ».

Myriam et Gildas ont racheté les maisons, transformé l'une en la salle de sport où j'ai passé tellement de temps, l'autre en crêperie, les deux très rentables.

Lorsque j'arrive, Myriam est seule, fronçant les sourcils devant une grande casserole de paraffine fumante. Le soleil entre en oblique par de hautes baies donnant sur la cour. Myriam, sa collection de *100 Idées* sous les yeux, a peint en mauve tout ce qui lui est passé sous la main. Elle n'a pas lésiné. Elle appelle ça « bleu Atlantique », moi j'appelle ça « mauve vieille fille », mais peu importe.

– Quelque chose ne va pas, Jérôme ?

– J'ai réussi mes examens.

– Magnifique.

Elle dit ça tout bas, sans sourire, sans défroncer les sourcils, les mains aux hanches, les yeux braqués sur la casserole qui fume doucement. La pièce sent la rhubarbe confite, le citron frais, la cire chaude. Sur la table, elle a effeuillé un journal sur lequel sont disposés des pots de confiture.

– Rhubarbe. Je viens de les faire. Mon secret, c'est de les cuire en plusieurs fois.

– Moi, mon secret, c'est de les acheter à l'épicerie du coin.

– Tu dis n'importe quoi, Jérôme. Ta mère t'a mal habitué.

Elle soupire, comme pour elle-même, saisit la casserole et verse en tremblotant la paraffine brûlante sur la confiture tiède. Ça fait comme un petit trou avec des bulles. La confiture ressemble à de la mousse brune, avec de l'écume rose et des morceaux de citron. Ça n'est pas appétissant, mais ça sent bon. Sans doute, ma mère m'a mal habitué. La remarque de Myriam me fait de la peine.

Myriam est une grande rousse, avec des lunettes à monture d'acier et des tresses rondes. Toujours en salopette de jean, avec des pulls qu'elle tricote. La casserole fume et tremble dans sa main. Elle verse une première couche, attend que ça durcisse, pose le doigt, verse une seconde couche. Il y a, dans cette activité calme, dans la belle lumière blonde d'un après-midi de juin, une douceur un peu molle. Je viens de remporter la bataille la plus dure de ma vie, et Myriam a passé son temps à cuire des confitures.

– Attends une minute, Jérôme, et je suis à toi.

– Je te dérange, peut-être, je te gêne.

– Pas du tout, mais c'est délicat. Pas envie de me brûler.

Elle va poser la casserole sur l'évier, se plante devant la table et compte ses pots. Il y en a vingt-quatre, Myriam est fière. Hier, elle en a fait douze, et dix la semaine dernière. Avec de la rhubarbe apportée par une voisine.

– Elle te la vend ?

– Elle me la donne, mais je l'invite à la crêperie de temps en temps. Un truc entre nous.

– Tu dois y gagner, à mon avis.

– Qu'est-ce que ça peut te foutre Jérôme ? C'est pas tes affaires, arrête de parler d'argent tout le temps. Tu parles toujours d'argent, tu as remarqué ?

– C'est parce que je n'en ai pas, c'est tout bête.

– Menteur.

Myriam m'a déjà fait travailler. La vérité m'oblige à dire qu'elle paie vite et bien.

– Tu fumes toujours pas ? Que veux-tu boire ?

Elle prend une Gitane, enlève son tablier, s'assied de l'autre côté de la table, pointe des coudes la toile cirée, me regarde droit dans les yeux.

– Alors, Jérôme, à nous deux maintenant : qu'est-ce qui ne va pas ?

– J'ai réussi mes examens, dis-je d'une voix piteuse.

Et j'éclate en sanglots.

On dit « fondre en larmes », c'est exactement ça. Un plaisir inouï, très doux. Dans mes larmes, je vois briller les images de l'année que je viens de passer, cambré dans ma timidité, mon orgueil et ma solitude. Mes larmes font comme une petite flaque sur la toile cirée de Myriam, pleine d'images naïves et cocasses des guerres de Louis XIII, soldats en armes, gouverneur suspendu à un arbre, meunière rousse ouvrant les cuisses dans les jonquilles. J'entends Gildas qui rentre, Myriam qui lui parle à voix basse, Gildas qui ronchonne, repart et revient, tout sourire, deux bouteilles de champagne à la main.

– Eh bien, gamin, qu'est-ce qu'on fête, ce soir ?

Myriam pose les fesses contre la cuisinière, croise les bras.

– J'ai des rillettes de poissons, des coquillages.

– Parfait, et le bar. J'ai apporté un bar, on va le faire au sel. Tu vas connaître notre repère secret, Jérôme. C'est la saison du bar, mon vieux. Je t'y emmène demain, si tu veux. Tu es libre, maintenant, pas vrai ? Qu'est-ce que tu vas faire de ton été ? Trois mois de vacances, la belle vie !

Trois mois de… Je n'y avais pas pensé. Une fois de plus, j'éclate en sanglots. Ça tient du fou rire, du hoquet, du vomissement, et ça ne peut pas s'arrêter. La Cité U va fermer, mon père a pris ma chambre, dans une semaine je ne sais plus où dormir.

Gildas hausse les épaules et me fait entrer dans une vaste salle d'une fraîcheur de cave. Tout en pierres, une grande cheminée, des bouquets de fleurs séchées pendus aux poutres, un profond canapé de velours violet. Je ne suis jamais entré dans cette pièce, « Ni toi, Jérôme, ni personne, c'est notre repère, notre boudoir, on vient de finir de l'arranger ». C'est moche, mais je ne dis rien. On dirait un vieux grenier imaginé par un décorateur de théâtre. Gravures de guerre, étagères de soldats de plomb, clairon, poupées de porcelaine, chapeaux de paille, cannes et raquettes de tennis, et de vieux livres dans des caisses de vin. Je m'extasie vaguement, Gildas s'en fout, il s'en va, je m'abats sur le canapé, il revient avec une grande vasque en argent pleine de glaçons, « ma baignoire d'enfant », gravée d'un écusson Moët et Chandon entouré de raisins. Il y flanque deux bouteilles de champagne et trois de muscadet, allume un léger feu de pin et de bouleau.

– Un feu d'été, Jérôme. Juste pour dégourdir la pièce. Et griller le pain. On va se faire le casse-croûte du pêcheur. Rillettes de poissons bleus et bar.

– J'ai besoin d'aide ! crie Myriam.

Je bondis dans la cuisine.
– J'arrive.
– Pas trop longtemps, dit Gildas. On va pas tarder à faire parler le champagne.

Les pots de confiture ont été recouverts d'une feuille de cellophane. Myriam a écrit, à l'encre verte, à la plume : « Rhubarbe, 20 juin 1981 ». Et, comme des livres, elle a aligné les pots sur les étagères de bois ciré, à gauche de la cuisinière. Les pages du journal ont été repliées. Contre l'évier d'ardoise égoutte le lourd faitout de cuivre ruisselant d'eau. Sur la table, Myriam a posé une plaque de tôle où luit un poisson.
– Un bar. Naturellement, tu ne connais pas ça, Jérôme. Qu'est-ce que tu connais, d'ailleurs, à part un peu de droit ? Il sort de l'eau, Gildas me l'a rapporté hier.
– Il l'a trouvé où ?
– Dans la mer, figure-toi.
Et elle éclate gentiment de rire.
– Il t'emmènera, si tu veux. Bon, maintenant, on va lui faire sa fête, à celui-là.
Je suis devant leur bonheur comme un affamé devant une charcuterie fermée, comme un séminariste devant un sex-shop ouvert. Leur amour m'attire et m'écœure. Cette joie douce d'être ensemble, si évidemment faits l'un pour l'autre, si sûrs d'eux-mêmes et de leur place dans le monde : beurk ! Cette vie aussi rangée, étiquetée,

paraffinée, cellophanée que des pots de confiture me donne des envies de mordre, de tirer la nappe, de leur jeter à la gueule la coupe de champagne qu'ils lèvent en mon honneur.

– À ta réussite, Jérôme !

Je ricane :

– C'est malin de dire ça. J'ai tout foiré. Je suis comme un type qui a passé son permis de conduire avant de s'apercevoir qu'il n'a pas de voiture.

19

Quand, au bout de la soirée, je les vois partir tous les deux dans leur chambre, vers leur lit, enlacés et riant aux éclats, quand la porte se referme sur leur baiser, j'ai envie à la fois de pleurer, de les rejoindre et de m'enfuir. La solitude que j'ai protégée toute l'année me pèse. Dans mon lit, j'ai besoin de quelqu'un. D'être pris dans des bras, de sentir un souffle, des draps tièdes, un corps souple et chaud à côté du mien. Je donnerais tout pour faire naître, dans le regard d'une femme, ce que j'ai vu tout à l'heure dans les yeux de Myriam posés sur Gildas. Avec les filles de mon âge, j'ai des souvenirs de boums dans les garages et de caresses dans les roseaux. Toutes m'ont recherché, aucune ne m'a aimé. J'étais le gars très fort dans les slows, le costaud, le petit caïd, je les enveloppais, elles aimaient se coller à moi, et nous dansions dans l'ombre en nous caressant. Mais c'est fini, tout ça. Elles ont cessé de danser et ne caressent plus que le rêve d'un homme qui les emmène à la mairie dans une Jaguar de location, puis à l'Auchan dans une R5 turbo toutes options.

Si on voulait choquer les filles des roseaux, il fallait leur parler d'amour. Ça les bloquait. Toujours prêtes à vous sucer, jamais à vous aimer. Conter fleurette, c'était perte de temps. L'amour était juste un truc dont elles avaient entendu parler. Un truc pas net. Le solide, pour elles : la baise et le mariage, leurs deux passions. Malheureusement, je suis un sentimental. Comme disait l'autre : je ne donne pas mon âme sans mon corps ni mon corps sans mon âme. Enfin, manière de causer.

À poil dans le petit lit de camp où je transpire, il me reste la vision de Christie Brinkley, ses cheveux blonds de Californienne à califourchon sur une chaise, ses épaules larges et rondes, sa peau de bébé requin, ses grands yeux qui n'ont jamais menti, son air de toujours partir pour la piscine en ayant oublié son maillot, c'est pas grave, tu regarderas pas, hein, Jérôme, promis ? Je promets et me coule dans l'eau avec elle, sans maillot non plus pour être à égalité, et voici Christie nageant sur le dos, la rotation parfaite de ses bras, l'onde qui s'enroule autour de sa poitrine, sa prairie comme poudrée de rosée, quel poète je fais, nom de Dieu, que c'est bon ! Ses petits pieds battent l'eau en faisant de l'écume, et moi je la suis à la brasse pour ne rien perdre de cette splendeur : une femme glissant dans l'eau et moi qui la rejoins et finis par la bloquer contre le carrelage bleu pâle, à l'ombre du plongeoir. Elle se retourne, bat des cils, me tend ses lèvres, et je referme les bras sur elle…

20

Je suis tiré du lit par Gildas. Il est tôt, il m'emmène à la pêche, Myriam a envie de rester seule, les femmes ! soupire-t-il en levant les yeux au ciel, mais on voit bien qu'il est ravi. Son matériel est dans la voiture, le café fume dans les tasses.

– On va où ?

– Saint-Michel.

– C'est où ?

– Batz.

Connais pas. Il y a tellement de plages dans le coin. Gildas allume la radio. « ... *marchez sur les mains. Avalez des pommes de pin, Benoît, des abricots et des poires. Et des lames de rasoir, étonnez-moi !* » Encore une connerie. On fait une vingtaine de kilomètres en silence. Je me méfie. Quand Gildas se tait, c'est qu'il a quelque chose à balancer. Le genre je vais te parler d'homme à homme. La barbe. Gildas est un gars qui ne cause pas. Comme moi. Pourquoi faire du bruit, comme la Marie-Caroline ? Ce qu'on pense existe réellement, pas besoin de parler.

Soudain, on tourne à gauche dans un chemin creux, qui s'ouvre sur une petite plage endormie sous les pins maritimes. C'est marée basse. Il y a des cabines peintes en jaune, un portique et un toboggan blancs, une grande maison de pierres à volets rouges, des pilotis et une jetée pleine de mouettes et de goélands qui s'envolent à notre approche et tournoient dans le vaste ciel bleu.

– On se baigne ? je demande à Gildas, qui sort du coffre cannes et appâts.

Il croit que je plaisante, je suis sérieux, j'adore nager, même dans la vase de Fédrun. Et puis la pêche m'emmerde. Déjà, j'enlève mon t-shirt.

– Pas de connerie, Jérôme ! crie-t-il, on est venu pour le bar.

Je hausse les épaules.

– Juste un plongeon, tu crois que je vais effrayer les poissons ? Chez nous, les anguilles nous filent entre les jambes, tu sais bien.

Gildas éclate de rire :

– Au contraire, tu peux les attirer, les bars aiment se cacher parmi les baigneurs.

– Oui, mais moi je ne me baigne pas, je nage.

– OK, mais va sur la droite et ne me gêne pas, ne t'approche pas.

– Juste une tête, Gildas, et je file.

Il lève les bras, la tête, les yeux au ciel. Comme pour dire quelque chose, mais que peut-il dire ? Je laisse tomber mon t-shirt, mon jean, mon slip, et je cours en zigzag vers la mer en évitant les cailloux. Je me retourne. Gildas regarde dans tous les sens si quelqu'un nous voit, mais je m'en fous. Il est 9 heures du matin, c'est l'été, les vacances, il fait soleil, j'ai dix-neuf ans, je suis reçu à mes examens, je suis à poil, je cours vers la mer, ma queue fait *floc floc floc* contre mes cuisses. Le temps est frais, j'aime le vent froid, la chair de poule, les tétons qui durcissent, qui prennent une forme de fusée pour aller plus vite, plus vite, plus vite. Malgré la fraîcheur, l'air sent l'iode, le varech, la résine, le sel et le genêt. Je sens cet air dans mes cheveux, sous mes aisselles, sur mes poils de cul. Oui, mes poils de cul, bonjour la poésie, je vous emmerde tous !, et mes poils de jambes aussi.

– Attention aux rochers ! me crie Gildas.

Pour qui me prend-il ? Comme si je ne savais pas reconnaître les bons endroits. Je repère, sur la droite, une sorte de crique alimentée par des vagues molles. Le sable doit être bien bercé, là, je saute à pieds joints, putain ! c'est gelé ! L'eau glaciale, la sensation de devenir violet. Je me redresse, j'ai bu la tasse. J'allonge les bras, plonge d'un coup, comme si j'attaquais la mer, qui se défend, m'enlace, m'étouffe, me frappe, bouillonne, me jette contre les rochers. Il y a de l'écume, de la bave, je ruisselle, éclate de rire et virevolte, c'est bleu, glauque, grisâtre et, dessous, le sable brun, blond, doré. Je barbote, je m'essouffle, je ne trouve pas le bon rythme. Au-dessus de moi, des sternes font *tût tût tût*. Connasses de sternes. Elles hésitent un peu, tournent en rond. Elles sont trois, pourquoi trois ? On dirait de petites hirondelles, avec une tête noire et une queue échancrée. Je plonge encore, l'eau pétille et tourbillonne, j'attends un peu les yeux grands ouverts, pas un poisson dans les parages, je sors la tête, j'envoie des gouttes partout, je fais des mouvements de bras pour rester à la surface. Les sternes sont parties faire *tût tût tût* ailleurs, Gildas se dirige vers elles. Je m'accroche à un rocher. Je suis heureux, là, vraiment. Ça va pas durer mais, en attendant, c'est pris. Gildas, au loin, reste sur le bord, ligne à la main, sans risquer le pied sur les récifs luisant d'algues. Il ne met pas non plus la botte dans l'eau. Les poissons sont blottis dans les trous. S'ils sentent le pêcheur, ils font le détour. Gildas pêche comme il se bat. Dans la lutte, il n'attaque jamais le premier, il attend, parfois longtemps. Il dit que la hâte est la première faiblesse du lutteur. Il faut laisser venir, toujours, mais être prêt, toujours, aussi.

Ayant repris mon souffle, en ayant soin de rester au large, je me dirige vers Gildas, au crawl. Le crawl est une nage lente, méthodique, régulière, un peu mélancolique. Une nage de requin. Je glisse. Seuls les pieds font un peu d'écume, comme une hélice. Je me balance doucement, un coup je vois la plage, un coup le large, et Gildas par saccades, qui surveille les vagues et, d'un coup, lance et balade sa ligne. En haut, sur la digue, il y a des gens aux fenêtres, une dame qui promène son chien, une 2 CV rouge qui passe et dont le conducteur aux grosses joues fume la pipe. Sortant de l'eau, je pique un sprint vers mes fringues, m'essuie vite fait avec mon t-shirt, glisse mon slip dans ma poche et m'enfonce dans mon jean. J'ai du sel et du sable partout, ça me gratte, je m'en fous, je rejoins Gildas qui, le cul dans le sable, grille une Gitane. Je lui fais :

– C'est comme ça que tu pêches ? Cool !

– Il y avait des méduses dans l'eau, ça faisait peur aux poissons. Maintenant qu'elles se sont rhabillées, on va pouvoir y aller.

– Très marrant !

– Non, sans blague, Jérôme, je t'ai regardé nager. Tu t'es amélioré. Tu es plus calme, tu respires mieux, donc tu vas plus vite.

– L'entraînement.

– Et l'eau de mer. C'est mieux, non ? Déjà les courants. Et puis l'eau elle-même, tout simplement.

Il a raison. J'avais perdu l'habitude de l'eau vivante. L'eau des piscines est asphyxiée, morte, chlorée, comme synthétique. La résistance opposée par l'eau de mer m'enhardit et me fait aller plus vite.

– Pas seulement. Il y a aussi le travail, l'habitude, la répétition imbécile et obstinée des mêmes gestes. Tout cela donne des automatismes. Mais, placé dans un milieu différent de ton milieu habituel, tu as réagi sans même t'en apercevoir.

– Possible. Dis donc, Gildas, je ne savais pas que tu pêchais.

– Je suis né une canne à la main.

– Et moi, la gaule !

– Très classe.

Gildas a du bol : il a passé son enfance dans le coin, et son père s'occupait de lui. Certains matins, il venait lui toucher l'épaule dans son lit : on y va, mon garçon. Gildas se levait d'un bond. On y va où ? il ne demandait pas et suivait comme un chiot. Tantôt à la pêche, tantôt faire du sel.

– C'est important, Jérôme, ce contact avec la nature, avoir les mains dans le sel, faire du sel. Vous ne savez pas, vous, bien sûr, en Brière.

Nous, en Brière, on dédaigne un peu le paludier. On le méprise pas, non, mais enfin, c'est pas le gars de chez nous, on n'est pas du même monde. Les marais salants, c'est un atelier ; la Brière, un royaume. Leurs marais sont domestiqués, le nôtre est sauvage. Ils sont au service de leur terre, nous sommes les maîtres de la nôtre. La Brière est un royaume et, tout pouilleux que je sois, j'en suis un prince. Voilà ce que je pense mais, bien sûr, je ferme ma gueule pendant que Gildas continue son sermon à la con :

– C'est essentiel de savoir ce que c'est que se lever le matin pour pousser des brouettes de sel. Jusqu'à quatre tonnes certains jours, Jérôme, quatre tonnes. C'est tuant, mais quel plaisir ! Ça fait les bras et les épaules, tu peux me croire. Et que c'est beau, les marais, quand il y a du sel et du soleil ! Cette chaleur qui rayonne, ce parfum de violette partout, c'est irremplaçable ! Parce que le sel sent la violette, tu le savais, ça ?

– Ah bon, ça sent pas la noisette ?

C'est vrai, ça, tout sent la noisette, à les entendre. Mon cousin le parfumeur, qui passe pour fine gueule, trouve un goût de noisette à tout : au saumon, à la truite, aux huîtres, au muscadet, au saint-nectaire. « Hum ! cet arôme de noisette ! » minaude-t-il. « Et mes pieds, ils sentent pas la noisette ? » j'ai toujours envie de lui dire. Mais, en parlant de noisettes, il commence à me les casser menues, le Gildas. S'il croit que je le vois pas venir ! Vite, changer de conversation. Entre nous, il y a un seau, de la glace dans le seau et, dans la glace, un bar.

– Bravo ! je fais, tu m'avais pas dit que t'en avais pris un.

Il sourit, touché. Un poisson, je sais pas comment ça se prend, mais un pêcheur, je sais : par la vanité. Il faut s'extasier. Gildas fait le modeste, mais il jubile et m'explique :

– Ça, mon petit père, c'est l'expérience. Elle ne s'acquiert qu'à force d'humilité, de travail, de ruse et d'observation. Et elle ne se communique pas. Si tu veux apprendre à pêcher, ne m'écoute pas, regarde-moi. J'ai beaucoup appris avec mon père. Aujourd'hui, j'apprends encore avec les vieux pêcheurs, qui ne sont pas causants. Un pêcheur, c'est plus méfiant qu'un poisson. Ne jamais poser de question, mais observer, s'adapter, aimer la difficulté. J'aime pêcher en début de saison parce qu'on ne sait ni où est le poisson, ni à quoi il mord. L'œil et le nez, tout est là. Le bar n'est pas facile mais, d'après l'odeur du vent, le sens et la couleur de l'eau, la force des marées, on finit par le trouver.

– Et les sternes ! je dis pour être poli, car, avec son côté je te parle de la pêche pour t'expliquer la vie mon petit, il me fait chier, Gildas.

Ne jamais relancer un raseur, ça l'encourage.

– Mmouais, les sternes et les goélands, un peu. Mais les oiseaux sont des fainéants. Ils se nourrissent au cul des bateaux, ou au supermarché comme tout le monde.

Il continue à bavasser, je me tais. Plus je le regarde, plus il m'énerve avec ses paraboles à la con. Je me fiche bien des animaux et de la nature. Aller à la pêche avec quelqu'un, c'est comme faire du shopping avec une fille, ça va bien cinq minutes. Je regarde Gildas aller et venir. Ça fait deux heures qu'on est là. Il se rend compte, sans doute, de ma tristesse, de mon humeur, de ce que, simplement, je ne suis plus avec lui, que je deviens nerveux. Il fiche et arrime sa canne dans le sable, va chercher au creux d'un rocher la bouteille de muscadet mise au frais dans les algues. Du panier, il sort deux gobelets, du pain, un pot de rillettes de sardines.

– Encore le casse-croûte du pêcheur, dit-il en clignant de l'œil. À la tienne, mon vieux. Aux premiers bars, aux premiers plongeons de l'année !

Je ne réponds pas, je souris, mais j'ai encore envie de chialer.

– À propos de bar et de plage, Jérôme, reprend-il, j'ai une proposition à te faire.

Deuxième partie

Une vraie jeune fille comme nous étions

Tandis que, pour la jeune fille, je suis un être inconnu, un pays étranger, un mystère. Un pauvre être inconnu, tout gauche et tout balbutiant devant elle ; un pitoyable mystère auquel un éclat de rire d'elle fait perdre toute contenance.

Valery Larbaud, *Fermina Marquez.*

1

– Bon Dieu, elle chante encore !

Le vieil Edmond Chalaffre se retourne dans son lit. « J'ai encore mal dormi, bon Dieu ! Et cette idiote qui chante ! » Un mois que ça dure. Depuis la Pentecôte, environ. Depuis qu'un dimanche, en rentrant du marché, elle a dit : « Hum ! ça sent les vacances. » Un souffle de vent tiède, des parfums chauds d'aiguilles de pin et de sable fade, un ciel plus éclatant, ça vient d'un coup. Ellc aurait pu dire : « Ça sent l'été. » Mais, pour Jacqueline Chalaffre, il n'y a plus d'été, il y a les vacances, c'est-à-dire l'arrivée des enfants. « Eh bien tu vois, Edmond, dit-elle à son mari, nous aurons au moins réussi ça : une vraie famille. Nos enfants viennent nous voir pour les vacances.

– Ce n'est pas nous qu'ils viennent voir, c'est la maison.

– Tu seras gentil, n'est-ce pas ? Qu'ils gardent au moins de bons souvenirs de nous. Nous ne sommes pas éternels.

– Qu'est-ce qui te fait dire ça ?
– Quoi donc, Edmond ?
– Que nous ne sommes pas éternels. Parle pour toi, après tout, tu es une femme. Mais moi, je suis éternel. Du moins, c'est ce qu'on me dit tous les dimanches depuis que je suis tout petit.
– Que tu es bête ! »

Et elle rit. Pour ça, Jacqueline a toujours été une chic fille. Toujours à rire, mais aussi hélas à chanter. Si elle pouvait se taire, merde !

En 1940, les Chalaffre se réfugient à La Baule-les-Pins, allée Tyzette, dans une vaste maison de style anglo-normand-basquo-provenço-marocain, tenant du pavillon et de la pension de famille, de la caserne et de la villa. Edmond a trente ans. Il travaille comme ingénieur aux Chantiers de Penhoët, à Saint-Nazaire. C'est un technicien froid, grinçant, méprisant, ignorant l'ouvrier, rudoyant le contremaître, dédaignant ses semblables et gardant, avec la hiérarchie, des distances qui le font prendre en considération. L'un des directeurs tente même de lui faire épouser sa fille, ce que le jeune homme, ne voulant pas être l'obligé d'un bon mariage, repousse avec hauteur. D'ailleurs, il n'aime que les filles rieuses, énergiques et légères. Il épouse sa dactylo, ce qui le déclasse un temps mais lui assure pour toujours la seule suprématie qui lui importe : le pouvoir sur ses proches.

Après la guerre, les Chalaffre restent à La Baule. N'accordant au bureau d'études des Chantiers que le temps et l'énergie indispensables pour qu'on ne lui reproche pas son traitement, Edmond ouvre à Nantes snack-bars, magasins d'optique, d'épicerie fine et d'électroménager, avant de reprendre une fabrique de vernis pour conserves. Il devient, en vingt ans, un homme écouté à la chambre de commerce. Puis, laissant tout à ses fils – les vernis à cet incapable de Patrice, snacks et boutiques à ce filou de Pascal –, il se retire et finit par s'ennuyer. Aujourd'hui, plus rien ne l'intéresse. Il se demande pourquoi, à leur âge, ses fils viennent encore en vacances chez papa et maman, et pourquoi leurs épouses acceptent de les y suivre. Tous l'ont déçu. Quant à ses petits-enfants, il doit bien reconnaître qu'il n'a pas, pour eux, l'affection qu'il devrait peut-être ressentir. Et il s'en fiche.

Jacqueline passe la tête par la porte.

– Ça va, Edmond ?

– Humph !

– Je vais battre les tapis au second. J'ai fini de curer les gouttières.

Edmond entrouvre un œil.

– Il vaut mieux curer les gouttières que goûter les curés.

Jackie éclate de rire, son pas se perd dans l'escalier. Bientôt, Edmond entend *quand un homme s'approche d'elles, surtout s'il est jeune et bien fait,* soupire « Bon Dieu, elle chante encore ! » et se rendort un peu.

Aussitôt glisse leur bretelle de leurs épaules au teint frais… Dans la grande chambre du second, Jacqueline Chalaffre bat les tapis, comme elle a toujours fait. C'est comme ça avec les hommes, se dit-elle : on commence à battre des cils, on finit par battre les tapis. Elle redouble d'ardeur, *et tape, et tape, et tape sur ton battoir.* Elle aime frapper les tapis de son souple battoir d'osier. *Et tape, et tape, tu dormiras mieux ce soir.* Les aspirateurs, elle se méfie. Encore une de ses théories domestiques. Toute sa vie, elle n'a eu d'autre ambition que d'être une bonne maîtresse de maison. Lorsque, au début de leur mariage, la guerre les conduit à La Baule, Jacqueline s'enchante de cette maison à huit chambres. Elle rêve d'une famille nombreuse. Hélas, elle n'a pu avoir que deux fils qui, Dieu merci, ont assez d'enfants pour que – l'été, au moins – toutes les chambres soient occupées. Il y aura Antoine et Camille, les deux enfants de Patrice et Isabelle, soit trois chambres. Et les trois enfants de Pascal et Élisabeth, soit quatre chambres. Les trois mois où il y a, selon son expression, « du mouvement », sont la justification des saisons pendant lesquelles, parfois, elle s'ennuie avec son aigre mari. Mais que peut-elle faire d'autre que tenir son rôle habituel de femme insouciante et gaie ? Elle sourit et chante en battant les tapis. Ça lui donne du courage et, à Edmond, l'occasion de râler : il adore ça. Quand Jacqueline n'a plus envie de chanter, elle se souvient qu'Edmond l'a choisie il y aura cinquante ans bientôt. Elles sont trois dactylos, il est le seul ingénieur célibataire. Elle l'a appris bien plus tard : il les a essayées toutes les trois, et l'a choisie, elle, parce qu'elle est vive, rieuse, gaffeuse, rougissante, et qu'il peut la remettre à sa place. Au passage, il la souffle à son ami Loulou Noblet, avec qui elle est pratiquement fiancée. « Tu ne vas tout de même pas épouser un type qui écrit des poèmes !

– Pourquoi non, s'il est riche ?

– Parce qu'il cherche juste à épouser une secrétaire qui dactylographiera gratuitement ses manuscrits, voilà pourquoi ! Avec moi, tu auras autant d'argent, et tu n'auras pas à taper à la machine, c'est promis. »

Aujourd'hui, Jacqueline se sent redevable à Edmond de l'avoir libérée de sa machine à écrire, du papier carbone, des cours de sténo du soir et des tours d'autotamponneuses que faisaient à la foire de la place Marceau ses collègues qui n'ont épousé que des ouvriers. Aussi s'emploie-t-elle, depuis, à ne jamais le contrarier, à toujours le contenter. Pour le remercier de la vie inespérée qu'il lui offre depuis cinquante ans.

Mais Edmond ne veut pas se tenir à carreau pour qu'on garde un bon souvenir de lui. Il ne va pas s'emmerder toute sa vie pour qu'on dise, à son enterrement, qu'il était un chic type. Il n'est pas un chic type. Sans sa femme, il fermerait sa porte à ses enfants. Il veut qu'on lui fiche la paix, même ses fils, des minables. Patrice, surtout, qui fait de mauvaises affaires et profite des vacances pour le taper.

Edmond Chalaffre n'ignore rien des difficultés d'argent de son fils. Patrice a investi à tort et à travers. Il ne se relèvera pas s'il ne trouve pas très vite une aide. Et personne ne lui fait plus confiance.

Dans son lit, Edmond Chalaffre soupire et sourit. Les mésaventures de ce foutriquet de Patrice l'enchantent. Allons, on va peut-être enfin s'amuser, cet été.

2

– Tu m'as appelée, papa ?

– Oui, Camille. Entre, ma chérie.

Camille, revenant du bac français avec des notes excellentes, s'attend à tout, sauf à voir son père pleurer. Nous sommes à Nantes, et la grande maison du boulevard des Poilus est tout en l'air, à la veille du départ en vacances pour La Baule. Mais le cœur n'y est pas et, dans son bureau, Patrice ne peut retenir ses larmes.

Des larmes ? Des sanglots. Normalement, se dit Camille, je devrais être bouleversée. Elle est juste agacée. Ancienne pleurnicharde, elle sait d'expérience que, quelle que soit la contrariété, on finit toujours par se moucher. Donc, elle attend.

– Si j'ai fait tout ça, Camille, dit Patrice Chalaffre en reniflant, c'est d'abord pour plaire à ta mère. Pour lui donner un train de vie digne d'elle.

Il s'essuie le nez sur sa manche. Pour lui, sa femme passe ses journées à monter et descendre la rue Crébillon avant de se retrouver, avec ses amies, chargée de paquets, devant une tasse de thé chez le chocolatier Fink ou le pâtissier Touz, car les Nantaises, selon la plaisanterie bien connue, ne jurent que par Touz. Mais cette vieille blague ne le fait plus rire, et il enchaîne :

– Et puis j'ai fait ça pour vous. Ton frère et toi. Vous n'avez jamais manqué de rien : sports d'hiver, voyages. Je vous ai élevés comme des princes, dans les meilleures écoles. Bravo pour ton bac français, Camille, mais ton succès, c'est quand même un peu grâce à moi. Alors, poursuit-il en élevant la voix, explique-moi ce que j'ai fait de mal ! Vas-y, dis-le ! Ose le dire à ton père !

– Mais je ne te dis rien, papa. Je n'ai pas à te juger.

Il éclate d'un rire mauvais.

– Oh ! C'est mignon tout plein, ça ! Comme c'est bien éduqué, bonne petite sainte ! Comme les bonnes sœurs de Blanche de Castille ont bien disposé le cœur de la petite fifille à ne pas juger son papa. Dis-moi, Camille, tu ne me juges pas parce que tu t'en fous, c'est ça ?

En s'approchant trop près d'elle, jusqu'à lui hurler sous le nez, Patrice Chalaffre souffle une haleine chargée de rhum. Et même, du rhum 1907. Ce matin, son banquier – un ami d'enfance, c'est bien la peine – l'a appellé à l'usine et, d'un coup, lui a dit : « Écoute, je n'ai pas vraiment étudié le dossier, puisqu'on a dû le passer à Paris pour avis, mais je l'ai regardé un peu. Ça n'est pas bon. À mon avis, c'est plié et, si j'étais toi, je n'insisterais pas. La fête est finie, mon vieux. »

Aussitôt, Patrice fait servir du champagne à ses cadres surpris et intimidés, qu'il invite aux Maraîchers, sans pour autant leur annoncer leur fin prochaine. Serge Pacreau, le patron, les régale d'un menu « Retour des îles », avec haddock au café, pigeon au cacao, ananas en croûte de sel et diverses variations sur ce rhum qui rend, à l'heure des cigares, les hommes tapageurs dans une ambiance de chambrée, bottes sur la table et ceinture dégrafée. La carte de la société refusée, Patrice Chalaffre doit régler sur son compte personnel. Serge lui offre le flacon entamé, alors aux trois quarts plein, maintenant aux trois quarts vide, ce qui met en colère Camille.

– Mais enfin, papa, je ne suis même pas capable de juger la situation où nous sommes, comment jugerais-je celui qui l'a provoquée ?

– Parce que c'est ma faute, c'est ça ? C'est ce que tu penses ? Vas-y ! Dis-le !

– Mais je ne sais pas, papa. Comment veux-tu que je sache ? Je te vois triste et ça me rend triste. C'est tout.

– Tu ne me juges pas. Tu me plains et tu me consoles. C'est pire !

Camille pose sa tête sur l'épaule de son père. Patrice Chalaffre hésite puis, d'une main un peu lourde, caresse les cheveux de sa fille et ravale ses larmes.

– Écoute, Camille, murmure-t-il. Je ne peux pas t'offrir le collier de perles que je t'ai promis pour ton bac français. Ce collier, poursuit-il en montrant la bouteille, je suis en train de le boire, en veux-tu un verre ou quelques perles ? Ça va mal, tu sais, mes comptes en banque sont surveillés, et nous sommes vraiment au bord de la liquidation, à l'usine. C'est très grave. Ça n'est pas ma faute, je te jure. Mais si grand-père ne me sort pas de là, je suis foutu. Nous sommes foutus. Nous allons tout perdre.

La jeune fille redresse la tête, fixe son père, qui détourne le regard. Elle veut dire quelque chose, mais lui :

– Dis-moi, Camille, je voulais… Enfin, grand-père t'aime beaucoup, n'est-ce pas ? Est-ce que… enfin, si tu peux… si tu sens que…

Elle va répondre, quand sa mère passe la tête.

– Tu es là, Camille ? Je te cherche partout. On te demande au téléphone. Vite, c'est ta prof de français !

Et Camille quitte son père en courant.

3

– Le job est facile, Jérôme. Autant que d'être accordéoniste ou ministre. Tu es derrière le bar, tu souris comme un accordéoniste et, comme un ministre, tu sers le client. Ce restaurant est un music-hall. Tu es sur une scène et tu fais ton numéro. D'ailleurs, La Baule entière est un music-hall. Toute la saison, nous jouons la revue de la plage heureuse. Si tu comprends ça, tout se passera bien. Ce que veut le client : sourire et légèreté. Ce qu'il vient chercher : rêve et drôlerie. Tu m'entends, Jérôme ? Pourquoi penses-tu que j'ai appelé mon établissement Paradise ? Viens par là.

Derrière le bar, Johnny pose les deux mains à plat sur le comptoir.

– Regarde !

Du bar, je vois une quarantaine de tables dressées sous un dais rayé bleu et blanc, une terrasse avec transats et palmiers, du sable, la mer. C'est La Baule : une plage qui n'en finit pas, sans un rocher, avec plein de gens chics et bien coiffés. Il y a tellement de gens chics et biens coiffés ici qu'on en vient à se demander ce qu'ils ont d'exceptionnel et pourquoi on ne pourrait pas en faire partie, déjà que je suis allé chez le coiffeur. Ils sont curieux, d'ailleurs, ici, les coiffeurs : ils te lavent les cheveux avant de te les couper. Ça m'a fait bizarre. Comme si un dentiste m'avait brossé les dents avant de me soigner. Comme si un médecin m'avait savonné sous la douche avant de m'ausculter.

Après la partie de pêche au bar, Gildas m'a présenté à Johnny, ancien boxeur de l'Union Méan Penhoët, reconverti dans le restaurant de plage. Un quinquagénaire robuste aux larges épaules rondes, au poitrail blond, au teint rouge et aux yeux creux. Il ne garde aucune amertume de ses échecs de boxeur : après la boxe, le boxon, dit-il.

Son restaurant, Johnny l'a ouvert il y a cinq ans, dans cette partie de la baie nommée « plage Benoît ». Une promenade bien tranquille, loin des clubs où les enfants hurlent de joie en sautant sur les trampolines et de douleur en tombant des balançoires. Ici, on est peinard : il faut vraiment venir exprès. En cette dernière semaine de juin, tout est encore fermé.

Johnny m'a logé dans un studio situé en haut d'un immeuble de marbre noir, nommé La Bretonnière. Un logis très très chic. Je suis au dernier étage et, d'une terrasse plantée d'antennes de télévision, je vois la baie au sud, Saint-Nazaire à l'est, Le Croisic à l'ouest et Guérande au nord. Je me sens comme un gardien de phare. C'est un peu mon rôle, aussi, au Paradise. Le matin, j'installe matelas et parasols, je me plante derrière le bar, et j'attends. J'accueille les clients, les fais patienter, propose des apéritifs, plaisante, demande des nouvelles des enfants, renseigne sur les activités du coin et le programme du théâtre du casino. En bref, je suis hôtesse. Ou concierge. Je me sens tout neuf, sans aucune nouvelle de mes parents, que Gildas a prévenus de mes nouvelles activités. « La Baule ! a simplement soupiré mon père en haussant les épaules. Encore ses goûts de luxe ! J'espère qu'il ne nous oubliera pas le 15 août pour la fête des gars de Fédrun. Rappelle-le-lui, Gildas. »

Je m'en fous : on est encore en juin, j'apprends la recette du whisky sour. Ce soir, je rentrerai tôt pour lire *Béatrix*.

4

C'est dimanche et, le dimanche, Edmond Chalaffre ne fait rien. Pendant que sa femme se poudre pour la messe, il reste au lit et trouve de la quiétude, c'est-à-dire du bonheur dans l'ennui qui le gagne. Il ne se lave pas, ne se rase pas, n'écoute pas la radio, ne feuillette pas les journaux, ne regarde pas la télévision. Au contraire, depuis ce matin, Jacqueline ne tient plus : les enfants arrivent. Elle a commandé un festin démodé : œufs mimosa, turbot en gelée, langoustines, tourteaux et terrine, trois tonnes de mayonnaise, et Dieu sait quoi encore, tout est froid car Patrice n'a pu dire à quelle heure ils pourraient quitter Nantes. C'est tout Patrice, ça, cette imprécision, et sa mère qui ne dit rien et qui, pour passer le temps, a invité sa copine Marinette. Début des vacances, fin de la tranquillité, ça durera jusqu'à la rentrée des classes. Edmond Chalaffre pousse un juron. De sa chambre, depuis bientôt une heure, il entend cancaner Marinette :

– Tu comprends, Jackie, si la maison était sur le remblai, au moins pourrions-nous la vendre, faire construire un immeuble et nous réserver les appartements du haut. C'est ce qu'a fait Mme de Saint-Preuil, elle a bien raison, je l'envie. Mais nous, sous les pins, c'est impossible.

Marinette déplace son transat pour rester au soleil. Le soleil, son obsession. Elle peste contre les pins, qu'elle regarde en ennemie.

– C'est pas solide, ces machins-là, ça grince tout le temps, je me méfie. C'est dans le sable en plus, alors bonjour les racines, comme diraient mes petits-enfants. Sans compter les pommes de pin qu'on peut se prendre sur la tête. Ou les branches mortes.

Marinette a toujours des histoires de pommes de pin. À croire qu'il en pleut.

– Tu as bien fait venir M. Gicquiaud, Jacqueline ? Il t'a bien nettoyé tes arbres ? Bon, parce que tu sais, l'autre jour, avenue de l'Hallali, chez les Gauffriau…

Jusqu'au déjeuner, elle resterait à bavarder, dans un trou de solcil, son transat faisant un arc de cercle sur la terrasse, en un circuit commencé le long de la rambarde et, suivant le sens des aiguilles d'une montre, achevé presque aux marches de la cuisine, vers midi, heure présumée de l'arrivée des enfants, quand Moïsette sort la table roulante de la soupente, pour l'apéritif.

Edmond Chalaffre n'a pas quitté son lit. Il a dû se rendormir. Soudain, il reconnaît le bruit de la Volvo de Patrice s'arrêtant devant la maison. Ce couillon de Patrice. Il entend claquer les portières (bruit sec) et les baisers (bruit mouillé). L'invasion a commencé. Ce couillon de

Patrice, sa pétasse de femme, son fêtard de fils et sa…, non, vraiment, le vieil Edmond Chalaffre ne peut rien dire contre la petite Camille, qui vient d'avoir de si bonnes notes et qui est un soleil.

Camille monte quatre à quatre l'escalier, se précipite vers la chambre de son grand-père, s'arrête pile au moment de gratter. Par la porte entrouverte, elle voit l'aïeul raidi dans son fauteuil, l'œil mauvais, la bouche amère, prêt à recevoir l'hommage de sa famille. Un fauve en robe de chambre. D'habitude, elle en rit, grand-père ne l'effraie ni ne l'impressionne. Un grand gamin. Mais aujourd'hui, le souvenir des sanglots de son père l'arrête, et Camille continue son ascension jusqu'au second étage, où elle ouvre grand la fenêtre. Puis, elle rejoint les autres sur la terrasse, ce qui contraint son grand-père à quitter sa chambre. En silence, il se laisse embrasser. Il sent le vieillard négligé. Les seuls mots sont pour son fils :

– Alors, Patrice, toujours content ? Je veux dire : toujours content de toi ?

5

– Si vous étiez arrivés hier ou demain, poursuit Edmond Chalaffre, je me serais joint à vous. Mais vous le savez tout de même, le dimanche est pour moi un jour sacré : j'entends qu'on me fiche la paix. Donc, je vous laisse à votre festin. Pas trop de mayonnaise, Isabelle !

– Papa !

C'est Patrice, d'une voix piteuse. Déjà dans l'escalier, le vieux Chalaffre se retourne dans l'ombre et grogne :

– Quoi, encore ?

Patrice fait quelques pas pendant que, sur la terrasse, sa mère pousse tout le monde vers le buffet. Il met la main sur la rampe pour calmer le tremblement qui le prend et regarde son père droit dans les yeux.

– J'aimerais vous parler. C'est important. C'est même… euh ! très important. Très, très.

– Oh ! vraiment ? Vois-tu, Patrice, ce qu'il y a d'agréable avec les choses très très importantes, comme tu dis, c'est qu'en général elles peuvent attendre. Alors, poursuit-il en montant d'une marche, on verra ça demain, ou (deux marches) après-demain, ou (trois marches) la semaine prochaine. Mais certainement pas aujourd'hui ! hurle-t-il du palier avant de claquer la porte de sa chambre, où il s'enferme et ricane.

6

La Baule, nous n'y allions jamais. Pour nous tremper, l'été, nous avions l'eau douceâtre des canaux et des mares. Je n'ai vu la mer qu'à l'âge des mobylettes, un jour qu'avec Philou on s'était tiré jusqu'à La Turballe pour reluquer les filles à poil sur la plage de Pen Bron. Même qu'on avait été déçus. On a vu pire, ce jour-là, que des Allemands rougeauds en short : on a vu des Allemands rougeauds sans short, avec des bites si petites qu'on aurait dit une troisième couille. Même qu'on se marrait, avec Philou, quand on les regardait marcher sur la plage, avec leurs trucs qui pendouillaient et se balançaient. Je faisais *Drelin ! Drelin !* et Philou chantait *Une cloche sonne, sonne !* en se foutant de leur gueule. On disait aussi *bitte ! bitte !* On a bien rigolé, d'autant plus que ça nous avait fait bien chier de ne pas voir de filles toutes nues.

Bon, il faut que j'arrête d'être vulgaire, maintenant que je donne dans le distingué. La Baule, c'est pas rien. L'idée que je m'en faisais : une grande plage pleine de mecs en pantalon blanc et blazer bleu marine, qui boivent du champagne sur des voiliers, avec leurs nanas emperlousées ou, mieux encore, sans nanas, entre hommes qui chantent. En fait, La Baule est un parc de loisirs pour personnes avec chandail sur les épaules. Il faut les voir pour le croire. Des gens qui, à quarante ans et plus, font du vélo, alors qu'ils n'y sont pas obligés. Du vélo, à leur âge ! Nous, dès qu'on a pu changer la bécane pour la meule et la meule pour la caisse, rien ni personne n'aurait pu nous faire repartir en arrière. Ni nous promener toute la journée avec un chandail (ils appellent ça un *pull*) sur les épaules. Ils doivent penser que ça leur donne le genre décontracté, la dégaine Kennedy, le style Edgar Schneider de *Jours de France* ou Jacques Chazot quand il va à Saint-Tropez avec Juliette Gréco (j'ai vu ça chez le coiffeur). Moi, je dirais plutôt que ça leur donne l'air de vieilles briéronnes à châles. Quand ils vont se baigner avec rien qu'un slip, j'ai envie de leur dire : « Hé ! t'oublies pas ton chand..., euh, ton pull ? »

Comme il n'y a pas trop de monde aux derniers jours de juin, et qu'il fait très beau, nous passons nos après-midi sur la plage, à jouer au volley ou au foot, à nous baigner, à papoter. C'est bien d'être payé pour ça. Johnny appelle ça du *team building*. À marée basse, je cours seul sur le sable dur, jusqu'à Pornichet et retour : 18 kilomètres. Je suis heureux et léger. L'air marin. Je croise des mouettes qui font *kwâ-kwâ*, des chevaux qui font *hi-hi-hi*, des chiens qui font *ouah ! ouah !*, des Anglais qui font *yes !* Parfois, Gildas passe me voir, nous allons pêcher le bar, je commence à me détendre un peu, j'oublie ma famille, j'entre à petites foulées dans l'été.

Au fur et à mesure de juillet, les clients me deviennent de plus en plus familiers. Parmi eux, une blonde à chairs lourdes, à peau grasse, jolie avec de gros traits, comme ces filles qui, en vieillissant, se mettent à ressembler à leur père. Ce n'est pas une fille, c'est une femme, elle a bien quarante ans mais elle me touche, je ne sais pas pourquoi. Elle a les yeux sombres, on l'appelle la reine Isabelle, comme dans une chanson de Véronique Sanson qu'on entend souvent. Quand elle arrive, on a toujours tendance à regarder si quelqu'un la suit.

– C'est vrai, ça, lui dit Johnny, tu as toujours l'air d'avoir une suite. On te voit entrer, on attend la cour, la troupe de négrillons, les galants, le roi !

– Et je ne suis que moi. Je suis seule. Je suis la reine sans suite. Quand on est sans suite, généralement, c'est qu'on est proche de sa fin, pas vrai, Johnny ?

– Veux-tu bien te taire ? gronde Johnny en lui tapotant les fesses. Une belle fille comme toi, si c'est pas malheureux d'entendre ça. Va t'installer, Jérôme t'apporte un remontant.

Un whisky, toujours. « Merci, Jérôme. » La reine Isabelle me parle sans me regarder. Je ne la regarde pas trop non plus. Je n'ose pas, elle m'intimide un peu ou, plus exactement, elle me trouble. Elle a la voix grave. Elle s'efforce à la gaieté, mais on voit bien qu'elle triche. Son verre en main, elle va s'étendre sur son matelas. S'étendre ? S'affaler. Elle regarde fixement la mer, mais ne va pas se baigner. Pourtant, il fait chaud. Elle reste là, à feuilleter des magazines. À bavarder avec ses copines. De temps en temps, on la demande au téléphone. Un homme, toujours, peu sympathique, pressé, excédé : « Mme Chalaffre est encore là ? Passez-la-moi ! » « On t'a pas appris à être poli, connard ? » j'ai envie de répondre. Mais je ne dis rien et je vais prévenir la reine Isabelle. « Madame, on vous demande au téléphone. » Elle soupire et se lève pesamment. Ce geste qu'elle a de réajuster son maillot, la marque de l'élastique en haut de la cuisse, je frissonne un peu, cours vers le bar, prends le téléphone, « Elle arrive, monsieur, conservez ! » Johnny va encore m'engueuler : « Premièrement, il ne faut pas dire "elle", il faut dire "Mme Chalaffre arrive". Deuxièmement, il faut dire "ne quittez pas" ou "restez en ligne, je vous prie" ou "je vous passe Mme Chalaffre", mais jamais "conservez", c'est plouc, c'est briéron. » Je hausse les épaules, on s'en fout, ça fait couleur locale.

La reine Isabelle arrive, essoufflée, épaules nues, paréo noué autour de la taille. Elle a couru comme si elle allait rater un train. Je lui tends le combiné, je m'éloigne. Quand elle raccroche, elle commande un autre whisky.

7

– Isabelle ne rentre pas déjeuner, dit Patrice en rejoignant son père sur la terrasse. Un pastis pour moi, s'il vous plaît. Un 102.

– Pardon ?

– Un double.

– C'est parti. Avec un peu de Suze au fond, tu verras, c'est meilleur. Tiens, passe-moi donc les olives, Patrice. À la tienne, mon petit vieux. À la mienne, aussi. À nos femmes, à nos chevaux, aux perrons de nos châteaux et à ceux qui…

– Je ne trouve pas ça drôle, excusez-moi.

– Où est-elle ?

– Chez Johnny.

– Ouh là ! C'est donc chez ce maquereau que ta femme passe ses journées. Alors, c'est qu'elle ne va pas bien.

– Je sais.

Ça s'est trouvé comme ça, en cette fin de matinée. Rentré vers 6 heures, Antoine vient de se réveiller, on entend d'ici couler la douche. Camille a voulu accompagner au marché sa grand-mère et Moïsette, et voici qu'Edmond et Patrice se retrouvent seuls sur la terrasse, autour de l'apéritif, aussi embarrassés l'un que l'autre. Edmond essaie le ton jovial :

– Bah ! t'en fais donc pas, une de perdue, dix de retroussées, ha ! ha ! ha !

Mais Patrice garde, sans réagir, les yeux au fond de son verre.

– Tu sais, Patrice, les femmes ne sont pas comme nous, enchaîne Edmond Chalaffre. Ta mère m'a laissé courir. Mon succès la flattait parce que je lui revenais toujours. J'avais des maîtresses, elle restait la patronne. Une femme – une épouse, surtout – qui comprend la sexualité des hommes, c'est rare. Très rare.

Patrice a un haut-le-cœur. Comme la plupart des hommes de plaisir, sa conversation est chaste. Le tour libidineux que lui fait prendre son père l'écœure et l'ennuie comme, souvent, les palabres entre hommes. Voilà pourquoi il tente, maladroitement, d'élever le ton :

– Mais je l'aime, papa !

Ce qui, évidemment, fait ricaner le vieux. Patrice encaisse, se redresse, fixe son père.

– Oui, je l'aime, parfaitement. Je ne peux pas vivre sans Isabelle.

Edmond Chalaffre hausse les épaules.

– Et avec elle, tu vis quoi, Patrice ? C'est quoi, ta vie avec elle ? Elle est où, votre réussite ? Si elle était heureuse avec toi, ta femme n'irait pas chercher consolation chez

Johnny. Et si elle t'était vraiment indispensable, tu serais allé la rejoindre. Alors, ne raconte pas de bobards. Que tu me mentes à moi, bon, pourquoi pas ? Mais que tu te mentes à toi-même, c'est plus grave. Laisse filer, va, ta femme ne t'a guère porté chance. Maintenant, elle quitte le navire.

– Isabelle n'est pas comme ça.

– Ah non ? Comment est-elle, alors ?

– Je veux dire : elle n'est pas intéressée par l'argent.

– C'est probable. Sinon, elle en gagnerait, au lieu d'en dépenser. C'est-à-dire, elle travaillerait, mais que sait-elle faire, à part peut-être couper du jambon ? N'empêche que, pour mener la vie qu'elle mène, ta femme a besoin d'argent. Est-ce que tu te vois avec elle, dans un deux-pièces cuisine d'une HLM de Saint-Nazaire ?

– Vous ne feriez pas ça !

– Pardon ?

– Vous ne nous laisseriez pas tomber à ce point ?

– Est-cc tomber que de se mettre à son niveau, Patrice ?

8

Patrice court lourdement sous les pins. Il n'a pas fait de sport depuis longtemps. Quand il était jeune, bien sûr. Le dieu du Tennis Club. Vivant, vibrant, léger. Même pas du sport, juste se calmer. Il pensait que la vie serait toujours aussi facile. Une vie en zigzag, du bar du minigolf à celui du tennis, du tennis à la Cueva, de la Cueva au Bretagne, du Bretagne à l'Alexandra, puis au Tropicana jusqu'au lendemain. Sans oublier les dimanches de Ker Causette.

Dans la tiédeur du soleil couchant sur la baie, il roulait en cabriolet Facel III le long du remblai, une fille à ses côtés, sur les sièges de cuir prune, son chien et ses raquettes à l'arrière. Mais voilà. Son chien est mort, une des filles, au hasard, est devenue son épouse, les cordes de ses raquettes se sont relâchées, elles aussi, les usines Facel ont fermé, et Patrice Chalaffre roule aujourd'hui dans une berline suédoise. Tout a été si facile à vingt ans, tout lui échappe à quarante-cinq.

Allée Tyzette, Patrice s'est mis au petit trot en s'assurant que personne ne le regardait. Il sent rouler son ventre, qui mène la vie dure à ses pantalons. Isabelle ne lui dit rien parce qu'elle ne le regarde plus, mais Patrice s'est empâté au cours de l'hiver.

Au bout de l'allée Tyzette, il prend jusqu'à la plage. Il y a des platanes et des pins maritimes, des dames à bicyclette, des gamins en planche à roulettes et, au milieu de tout ça, le pesant Patrice descendant sur le sable mou vers Le Pouliguen.

Les affaires aussi ont été faciles. Au début. Son père l'installe aux Vernis Chalaffre. Il y a tant d'argent, tellement de clients que ça semble devoir durer toujours. Et puis, les conserveries se mettent à fabriquer leurs propres vernis. La diversification ne donne pas les résultats espérés. Les banques sont frileuses. C'est trop tard à présent, la liquidation menace. S'il ne trouve pas d'argent avant octobre, il met la clé sous la porte et cent vingt ouvriers sur le carreau.

Tout lui avait été promis mais rien n'a tenu. Il partait tôt, alors, de chez lui, rentrait tard ou ne rentrait pas, dormant chez une fille, comme le fait aujourd'hui son fils Antoine, qu'il lui arrive de croiser dans des endroits qu'il aimait autrefois, et dont il était le roi – le Bidule, le Sako, la Tocade, le Salis, le Pavillon rose. Antoine qui marche sur ses pas. Des pas qui se font lourds sur la plage Benoît, où Patrice se traîne, où des gars jouent au ballon.

Je suis un de ces gars. Nous jouons au volley devant le Paradise, Arnaud manque une passe, le ballon rebondit vers Patrice, qui fait d'abord un écart pour l'éviter. On lui crie : « Vas-y, tire, ça fait du bien ! » Deux pas pour rattraper la balle, il se revoit autrefois, leurs parties au club des Crabes, Patrice accélère, fixe le ballon, tire, le manque, tape dans le sable, douleur à la cheville, il se prend le pied dans un trou, trébuche, tombe, se relève furieux, le ballon continue vers la mer, je m'élance, dépasse Patrice, rattrape la balle que je prends dans les mains avant de courir vers Patrice.

– Pas trop de bobo, monsieur ? je lui fais.

Essoufflé, il ne répond pas, secoue la tête, lève la main, ça va, ça va. Il est tout rouge, ce vieux. Il devrait pas forcer comme ça, à son âge. Et puis, il ne sait pas respirer.

– C'est rien, monsieur, j'ajoute, vous manquez d'entraînement, ça va revenir. Allez, bon courage !

Et je repars en dribblant vers mes potes pendant que Patrice crache quelques morceaux de poumon en disant petit con ! Il s'est ridiculisé. Et juste devant chez Johnny, comme par hasard.

9

Ce matin où Jacqueline Chalaffre se surprend, en cuisine, à boire au goulot un trait de rhum Negrita avant d'affronter la mauvaise humeur de son mari passera inaperçu dans l'histoire de l'humanité, mais il frappe cette dame, pour qui l'eau gazeuse est le commencement de la débauche. Il lui semble, dans un halo, voir sainte Thérèse pleurer sur ses roses. Quelque chose ne va pas. Mme Chalaffre se gargarise et recrache dans l'évier, qu'elle nettoie à l'eau de Javel pour que Moïsette ne s'aperçoive de rien. Elle croque un sucre, suce un grain de gingembre pendant que, là-haut, Edmond grogne : « Mais qu'est-ce qu'elle fout, bon Dieu ? » Jacqueline n'a pas le courage de monter jusqu'à la chambre et, tout étourdie, part à bicyclette – elle zigzague un peu – vers la villa Emeline, pleurnicher sur l'épaule de Loulou Noblet.

Louis-Pierre Noblet est le plus vieux copain d'Edmond Chalaffre. Une de ces amitiés qui bravent le temps et restent inexplicables à ceux qui en sont les témoins, comme à ceux qui les vivent. Quand ces deux septuagénaires se retrouvent, ils ont l'émerveillement de leurs onze ans. Loulou a toujours été le même bon gros gars tranquille, sur lequel Edmond a tant de fois passé ses nerfs qu'il lui reste aussi indispensable qu'un punching-ball à un boxeur. Loulou encaisse sans broncher ni répliquer. Depuis toujours, sa solidité trouble Jacqueline autant que sa douceur. Parfois, elle rêve à la vie qu'elle aurait pu avoir auprès de cet homme paisible et massif, qui a l'air d'une porte à double battant, ou d'une égide, expression dont elle a appris le sens au *Francophonissime*, et qui l'a éblouie. « Tu es mon égide », eut-elle un jour l'audace de lui lancer, ce qu'il prit très mal : « Quoi, ce pédé ! »

Mais, ce matin, Jacqueline n'a pas à parler. Rien qu'à la voir, Loulou sait qu'il doit passer faire rigoler son vieux copain qui s'ennuie. Il sert un café à son amie qui, par contenance, se tamponne les yeux. Soudain, elle prend comme malgré elle une mine polissonne, soupire délicatement, décroise les jambes et redresse le buste, comme autrefois, derrière sa machine à écrire et son papier carbone, lorsque Edmond, en bras de chemise, entrait dans le bureau des dactylos. Ce qui lui reste de seins pointe au travers de son pull-over. Loulou en perd un instant son impavidité, la considère, lèvres humides, bouche molle, puis se lève d'un coup.

– Ne laisse donc pas Edmond seul, Jacqueline, ça n'est pas prudent.

Jacqueline se chiffonne.

– À quelle heure viens-tu ?

– Dès que le champagne est à bonne température, ma petite Jackie.

Lorsque Loulou paraît, Edmond grogne à grands cris. Ou, pour être plus précis, il émet les joyeux jappements d'un chien qui verrait s'approcher la sou-soupe. Une soupe dans laquelle il est si bon de se répandre, c'est-à-dire de râler :

– Tu es surpris de nous trouver seuls ? Ils sont tous au restaurant, figure-toi. À L'Espadon, rien que ça, ma chère ! Grand bien leur fasse, nous voici tranquilles. Ils ne nous ont pas invités, note bien. Alors que nous logeons et nourrissons tout ce beau monde depuis trois semaines.

Loulou Noblet s'installe dans un large fauteuil de rotin, face à la petite table de fer sur laquelle Edmond a déplié un journal qui ne l'intéresse pas.

– Oui, mais tes enfants viennent encore te voir, Edmond. Les miens, on dirait que je les gêne. Ils disent que tout est humide, chez moi, qu'il faudrait faire des travaux, que c'est démodé, que je me couche beaucoup trop tôt (trop tôt, dix heures !), qu'ils sont en vacances pour faire la fête, inviter des copains et n'avoir de comptes à rendre à personne. Résultat : ils louent une baraque à La Turballe.

– Pauvre Loulou !

Edmond éclate de rire. Loulou rentre les épaules. Il se

moque des moqueries d'Edmond, qui a toujours été ce genre d'homme dont on se dit qu'il a tout pour être heureux, sauf le bonheur, parce qu'il n'y croit pas. Longtemps, son hyperactivité professionnelle lui a donné une sorte de frénésie séduisante. Depuis qu'il s'est arrêté, il s'est racorni. Et il râle. Au lieu de prendre de la hauteur, il a pris du retard. Ses idées sont démodées, ses envies désuètes, ses initiatives hors de propos et, comme il n'a plus de pouvoir, il lasse ou fait rire. Seule sa fortune lui garde un prestige auprès de ceux, peu nombreux, qui pourraient en avoir besoin. Il secoue la tête.

– De toute façon, personne ne comprend plus rien à rien. Depuis le départ du général, nous avons perdu le sens du tragique, c'est-à-dire de la grandeur. Avec l'Arsouille, ça va être pire : petites combines et grands copinages, tu verras !

Louis-Pierre Noblet ne répond pas : il est socialiste, sans l'avoir jamais dit à personne, ce qui l'excite comme s'il menait une double vie.

– Que voulez-vous avec le champagne ? crie Jacqueline depuis la cuisine, car Moïsette est sortie, elle aussi. En plein été ! Il n'y a plus de gens dévoués, gémit-elle en apportant trois coupes dans une main et, dans l'autre, une bouteille qu'elle tend à Loulou. À quoi buvons-nous, messieurs ? s'écrie-t-elle. Alors, mon Loulou, poursuit-elle sur le ton camarade en lui tapant sur la cuisse, quoi de neuf dans le vaste monde ?

– Je suis en train de lire une vie de saint Louis Grignon

de Montfort, répond-il gravement, avant de préciser : Vous savez, celui qui est mort à vingt-deux ans.

– Oh ! ben ça doit être vite lu ! fait Jacqueline en se levant d'un bond vers la cuisine, d'où elle reviendra avec une assiette de saumon fumé, après que Loulou aura raconté à Edmond :

– Eh bien, il disait que, si on lui annonçait la fin du monde dans cinq minutes, il continuerait de jouer à la balle.

– Parce que tu t'intéresses au foot, toi, maintenant ? demande Edmond.

Loulou se concentre un instant sur son champagne, prend une tranche de saumon.

– Eh bien, même si vous vous moquez de moi, je prétends qu'à nos âges, ma chère Jackie, mon petit Edmond, à nos âges la fin du monde est dans cinq minutes, mais nous devons continuer à vivre comme si nous avions vingt ans.

– Sauf que nous ne les avons plus ! s'écrie Edmond si spontanément et si fort que Jacqueline, pressentant une de ces conversations sérieuses où elle juge ne pas avoir sa place, glisse vers le salon, où elle se laisse tomber dans un fauteuil, satisfaite d'avoir accompli sa mission.

– Ces vingt ans, nous ne les avons plus, Louis, reprend Edmond. La fête se passe ailleurs, sans nous. Le festin continue, l'appétit est toujours là, l'estomac ne supporte plus. D'ailleurs, ton mec ne m'épate pas. C'est facile d'être un saint quand on meurt à vingt-deux ans. On a moins d'occasions de pécher. Tandis qu'à notre âge !

– À notre âge, on n'en a plus l'occasion. C'est le temps du repentir.

– Tu parles ! On se repent parce qu'on ne peut pas recommencer. Moi, je ne me repens pas et j'aimerais recommencer. Je ne demande même que ça. Sauter une petite, me confesser, recommencer, quelle merveille ! C'est loin, tout ça, malheureusement. La main passe. Ces amusements sont maintenant ceux de mon petit-fils Antoine.

– Quoi ? Il se confesse ?

– Non, il saute ! C'est un débauché triste et pressé. Il n'a pas le sens du péché. Autant dire qu'il n'a pas celui du plaisir, et qu'il en sera puni.

– Ha ! ha ! À défaut du confessionnal, la maison de correction.

– Moi, murmure Edmond, c'est une maison de redressement qu'il me faudrait.

– Ah ! ça ne s'arrange pas ?

– Pas vraiment.

– Bof, quelle importance pour l'usage que tu en as ? Moi, c'est pareil. Il faut baisser pavillon et savoir rentrer au port, mon vieux.

– Ne me dis pas des choses comme ça, s'il te plaît. Même pour rire. Je suis comme une boule de flipper en ce moment. Je me cogne partout.

– Remarque, fait Loulou, mieux vaut être une boule de flipper qu'une boule de bilboquet. Ça doit faire moins mal.

À ce moment, on entend dans l'allée des rires de filles

à bicyclette. Puis, des bruits de freins, des pas dans l'escalier aux hortensias, et c'est Camille qui entre sur la terrasse, avec son amie Cécile. Elles ont seize ans, du sable dans les cheveux, du sel sur les jambes. Elles viennent embrasser les deux vieux messieurs, puis redescendent en courant vers la douche du garage, qu'on entend couler entre des cris, des éclats de rire et des protestations, C'est froid ! C'est chaud ! Passe-moi le shampoing ! Ça pique ! Pousse-toi ! T'as vu comme je suis grosse ? Énorme ! un vrai boudin ! Merde, j'ai encore pris un coup de soleil, regarde ! Vite, grouille, on va être en retard ! Et les voici qui sortent changées, coiffées, parfumées ; remontent sur leurs vélos et s'éloignent entre les pins sans cesser de babiller. D'un coup, il fait plus froid et les deux hommes se taisent. Loulou Noblet est frappé du changement de Camille. L'année dernière, elle ressemblait à une petite louve, avec des tétines mignonnes, mais enfantines et qui ne pouvaient inspirer, non seulement aucun désir, mais pas même l'idée de désir. Cette année, ses seins se sont développés, sa poitrine a enflé, mûri, douce, épanouie, Loulou dirait presque crémeuse, quel poète !, appelant la main et les lèvres. Qu'une merveille comme ça puisse exister sans qu'un Dieu l'ait créée serait une telle absurdité que le vieil homme en sourit malgré lui, ébloui par la candeur des deux jeunes filles, l'inconscience totale où elles sont de l'effet qu'elles peuvent avoir sur des hommes comme Edmond et lui, dont l'âge a rendu le regard plus aiguisé et le cœur plus lourd. D'entendre Camille et Cécile prendre ensemble leur douche dans le garage, les imaginer ruisselantes et riant aux éclats, puis passer une éponge sur leur corps délicat, ce fut atroce et délicieux. Face à lui, le cours de la rêverie d'Edmond fut à peu près le même. Edmond qui, sortant de sa torpeur :

– Dis-moi, Louis, si tu avais à choisir entre tout connaître du mystère de Dieu et tout connaître du mystère des femmes, tu choisirais quoi ?

Loulou s'ébroue.

– Euh… On ne naît pas femme, on le devient, disait la philosophe. De même, on ne naît pas Dieu, mais on peut accéder au divin.

Petit ricanement d'Edmond Chalaffre.

– Ah, vraiment, « on ne naît pas femme, on le devient » ? Quelle découverte ! Et tu crois que j'ai mes chances ?

10

Je suis celui qui essuie. Il est 7 heures du matin, nous sommes le 20 juillet. J'aime arriver le premier au Paradise, donner un coup de balai, essuyer les tables, le bar, l'évier, les chiottes, même. « Qu'est-ce que tu t'emmerdes ? me dit Johnny, les femmes de ménage sont passées. » Peut-être, mais je repasse et me surpasse. J'aime que tout soit net. Ensuite, je vais me baigner. Il n'y a personne – des chevaux, des mouettes, des coureurs –, mais je ne me baigne plus à poil, j'ai acheté un maillot à la mode, avec des fleurs et des couleurs, et je glisse dans l'eau froide. C'est le plein été, les estivants sont arrivés, la fête est partout, je suis heureux, j'aime cette solitude dans le soleil blanc du matin. Deux heures paisibles avant l'arrivée des livreurs et des cuisiniers. Je lis le journal, j'astique le percolateur, le chien de Mme de Saint-Preuil cherche des traces dans le sable nettoyé cette nuit par les machines de la ville. Je me suis couché tôt avec *Béatrix*. Je dors au bout de deux pages. Johnny aimerait que je sorte : « Je ne te vois jamais dans les endroits de perdition, Jérôme, tu devrais voir des gens de ton âge, t'amuser un peu, est-ce que tu t'amuses, au moins ? Il faut s'amuser, tu sais. Dans la vie, si tu ne t'amuses pas, tu ne fais rien de bien. » Je vais répondre, mais Johnny est déjà parti : il n'écoute jamais. Plusieurs fois, je suis allé au Sako, au Golf, au Tropicana. J'y ai croisé des clients du Paradise, ça m'a gêné, ce n'est pas là ma place et je n'aime plus danser. Contre qui danser ? Je ne connais aucune fille ici, et j'ai toujours l'impression qu'on va me demander un whisky ou de passer un petit coup de torchon sur la table. Moi, l'ancien gars très fort dans les slows, quand j'entraînais dans les garages les filles des roseaux, sous le soleil exactement. Pour être un séducteur, il suffit d'en avoir la réputation. Ici, derrière le bar, j'essuie les tasses et rêvasse comme un benêt. La lippe pendante, je pense à la femme que j'aimerais comme Calyste du Guénic aime Camille Maupin. Cet idiot de Calyste, et cette femme qui fait quoi, là, en ce moment précis où je pense à elle ?

9 heures, 10 heures, 11 heures, il y a depuis longtemps du bruit dans la cuisine, les apprentis sont arrivés, mais il ne faut jamais entrer en cuisine sans y être convié. Ici, on n'aime la viande que morte, dit le chef, et tout le monde rigole derrière lui. Ils ont mis leur musique à la con, je pousse la mienne pour couvrir et je vois les gens s'allonger sur le sable où le soleil chauffe. Je vais déployer les parasols en terrasse. Quand je reviens, il y a une femme assise au bar, un peu cambrée. Je vois, dans l'ordre, des cuisses brunes, un short blanc, une sorte de

blouse de lin turquoise barrée d'une ceinture en or, je redescends sur la cuisse, les jambes qu'elle tient croisées, les sandales blanches et une chaînette en or, il paraît que c'est un signe de reconnaissance entre gouines, je remonte à la tête. Elle est bronzée, une frange noire, des yeux bleus, des dents blanches. Résumons : une luronne est au bar.

– Salut ! s'écrie-t-elle, c'est moi ! Tiens, t'es nouveau, toi, t'es qui ? T'étais pas là l'année passée.

– Bonjour, madame. Non, en effet, mais j'étais là la semaine dernière.

– Et Johnny t'a pas viré ? Alors, tu es là pour dix ans. Excuse-moi, je te tutoie, c'est la règle, ici, pas vrai ? On est en vacances, après tout. Tu peux me dire tu.

– Tout ?

– Tu, idiot ! Moi, c'est Annick, et toi ?

– Jérôme.

– Encore un K. Jérôme, ha ! ha ! Non, rien, laisse tomber. Mais si tu veux faire carrière ici, tu sauras que, du plus loin que tu me vois arriver, tu dégaines un gin tonic. Un vrai, pas du sirop. Je veux voir du givre sur le bar. Un grand verre, un quartier de citron tranché frais, cinq petits glaçons bien denses, le tout recouvert de gin. Du Tanqueray, pas du Gordon. Tu dois recouvrir les glaçons. Le tonic, à côté, je me sers moi-même. Et j'abuse pas.

Je fais ce que la brunâtre volubile me dit, sans moufter. Un barman, ça ferme sa gueule. Pour les cocktails, c'est simple, il y a une recette par client et chacun croit détenir, non pas la meilleure, mais la seule.

– Un gin tonic réussi, commente Annick, c'est beaucoup de gin, mais du bon, hein ! pas de l'alcool à brûler – et très peu de tonic. Très très peu. Un seul verre très glacé, comme un coup de gong, et la journée sera bonne. Gin gong. OK. À la tienne, Jérôme. Dis donc, t'es plutôt beau gosse, toi, je sens que je vais encore me plaire, moi, ici. L'été va être formidable.

Elle s'étire, regarde son gin en murmurant, comme pour elle-même :

– Heureusement, parce que l'année a été plutôt rude. Puis, secouant la tête : Mais il est où, au fait, Johnny ? Encore au lit ? Avec quelle petite, encore ? Non, ne dis rien, j'aime pas les barmen qui parlent.

Annick reste au bar pour ce déjeuner qu'elle prend seule et raconte en pleurant son année à Johnny, qui ne l'écoute pas mais lâche, de temps à autre, des « Ben, ma pauvre poulette » ou des « Ah ! le salaud ! », car l'histoire d'Annick est triste. Comme tout ce qui se raconte au bar. Comme tout ce qui se raconte.

Il faut avoir le cœur bien accroché quand on est barman. Mieux vaut encore ne pas écouter. Mais moi, ça m'intéresse, j'écoute. Annick boit du rosé. Beaucoup de rosé.

– Je vais me calmer, t'inquiète pas, c'est le début des vacances, j'ai besoin de m'étourdir. Bon, allez, c'est pas tout ça, mais je prendrai mon café sur mon matelas. À condition qu'il me soit apporté par le petit jeune homme, c'est d'accord, petit jeune homme ? Comment vous appelez-vous, déjà ?

– Jérôme, madame.

– Eh bien, Jérôme, pourrez-vous m'apporter un café sur mon matelas ?

En allant lui porter son café, je trouve Annick affalée, ronflant un peu, les lunettes sur le nez, en plein soleil. Elle a enlevé son short, commencé à déboutonner son chemisier, puis s'est comme évanouie, les fesses sur le matelas, les pieds de chaque côté, cuisses ouvertes, sac en vrac. Je pose doucement la tasse sur la table basse, reviens au bar et dis à Johnny :

– Elle dort.

– Ne dis pas « elle », Jérôme. Dis « Annick ». Ou « Madame ».

– Bien, capitaine. En tout cas, il faudrait mieux lui mettre un parasol.

– J'y vais.

Johnny plante un parasol.

– Annick, un peu de tenue, s'il te plaît, murmure-t-il. N'écarte donc pas les jambes comme ça.

– Ah bon ! Comment, alors ?

Johnny secoue la tête. Je vois bien qu'il n'est pas content, mais il ne dit rien. Il fait, à cause du soleil, une grimace qu'Annick prend pour un sourire.

– Que veux-tu, mon Jojo, j'adore ouvrir les jambes, mais je n'en ai plus tellement l'occasion, maintenant. J'ai des toiles d'araignée. Alors, tu comprends, dès que je vois un beau garçon, c'est un réflexe. C'est comment, déjà, ta phrase de Marguerite Yourcenar ? « Un livre s'ouvre tout seul aux feuillets souvent lus. » Eh bien, c'est moi, je m'ouvre toute seule. Comme une moule pas fraîche. Et que suis-je donc d'autre ? Veux-tu bien me le dire ! conclut-elle en un alexandrin qu'elle récite sur le ton noble d'une vieille tragédienne de la Comédie-Française.

– Ton truc, c'est pas de Yourcenar, c'est de Rostand, rectifie Johnny. Dans *L'Aiglon. L'Aiglon*, d'Edmond Rostand, tu connais ?

– Non, pas lu. Mais je connais le gland d'Edmond Rouston ! Ne fais donc pas cette tête, mon Johnny, je sais me tenir, t'inquiète pas. Ton jeune homme m'intéresse. Il aime les dames, tu crois ?

11

En regardant Camille, Patrice se demande si elle vieillira comme sa mère. À leurs débuts, Isabelle était jolie, vive et marrante : une blonde à taches de rousseur, toujours à rire et à bouger ; aujourd'hui, terne et empâtée. Elle a pris des joues, du cou, des hanches, des cuisses. Il la trouverait peut-être appétissante, dans son embonpoint, si elle était heureuse ; mais Isabelle n'est pas heureuse, et Patrice en est embarrassé. Il jette un œil autour de lui. Il est loin, aujourd'hui, d'avoir la plus belle femme de la plage.

Où sont-elles passées, toutes ? Celles du bar du Bretagne et du club des Crabes ? Celles de la Cueva et du théâtre d'été du parc des Dryades ? Celles de la piste de ski sur aiguilles de pin et de la piste de danse du New Club ? Où dansent-elles, aujourd'hui ? Dans quels bars ? Dans quels bras ? Des filles de vingt ans se réveillent, sonnées, à quarante, sans avoir rien vu venir, fichent le camp avec le premier maître nageur, et demandent le divorce.

Elles prennent rendez-vous avec leur avocat comme elles prennent rendez-vous chez le coiffeur : par humeur.

Il regarde Camille endormie sur la plage, dans le désordre d'or de ses cheveux. Un abandon complet. Camille la lumineuse qui, de plus en plus, l'intimide. Éloignée sans être lointaine, haute sans être hautaine, comme un soleil qui se lève et qui, peu à peu, l'aveugle. Être père de famille, c'est encore concevable. Être père de femme semble soudain impossible à Patrice, qui n'arrive plus à parler à sa fille. À son fils non plus, d'ailleurs, ni à son père, ni à personne. Lorsqu'il demande à ses enfants comment vont leurs études, il s'entend répondre très bien, merci, avant de les voir quitter la pièce.

Un jour, un client lui a parlé de son fils Antoine. « Antoine ? – Je l'ai entendu à la radio. – À la radio ? – Oui, vous savez, les radios sauvages qu'on fait maintenant. Il me semble avoir reconnu Antoine dire les informations. On a annoncé son prénom, mais pas son nom. Il a une bonne voix, d'ailleurs, mais je me trompe peut-être, vous seriez au courant, le premier informé, ha ! ha ! ha ! »

Non, il n'était pas au courant. Il ne sait rien de son fils, ce qui est normal, son fils lui étant parfaitement indifférent.

Sa fille, au contraire, l'enchante, le dope, le fait fondre. Il veut lui plaire, la rassurer, la protéger. Sa petite chérie, son trésor, sa poupée. Son soleil, son ouragan, sa pierre de lune. Son tanagra, son pain d'épices, sa croisière sur le Nil. Il la chérit, elle lui échappe. Depuis quelques mois, Camille est distraite, moins câline, parfois impatiente. Comme si elle cherchait à se libérer, mais de qui ? de quoi ? pourquoi ? pour qui ? Camille devient secrète, elle ne lui dit plus tout, il l'a surprise, sinon à lui mentir, au moins à lui cacher des choses. Ça le rend triste. Il se sent de plus en plus seul. À l'avance fatigué d'un combat qui s'engage et auquel il ne croit pas.

12

– As-tu parlé à ton père ? demande Isabelle.

Patrice ne répond pas.

– Tu n'oseras pas, reprend-elle

– Qu'est-ce qui te fait dire ça ?

– Mon pauvre chéri, tu as toujours tremblé devant ton père, ce n'est pas maintenant que tu vas lui tenir tête.

– Je n'ai pas le choix. Et puis, il ne s'agit pas de lui tenir tête, comme tu dis. Dans ce dossier, il n'y a pas un fils et son père. Il y a deux adultes. Deux hommes. Deux hommes d'affaires. Je ne vois pas pourquoi tu te marres, Isabelle. C'est son intérêt autant que le mien. Et autant que le tien, soit dit en passant.

13

– Débrouille-toi, Patrice, tu es grand, maintenant.

Malgré une première tentative piteuse, Patrice a continué de courir chaque matin. Ce jour-là, en rentrant, il retrouve son père sur la terrasse et revient à la charge. Mais Edmond Chalaffre :

– Débrouille-toi, Patrice, tu es grand, maintenant.

– Mais je ne peux plus, papa, c'est fini. Si nous ne trouvons pas un arrangement entre nous, c'est le dépôt de bilan. Autant dire la fermeture, la faillite, le déshonneur.

– Bah ! on dit ça !

– Voulez-vous que je vous montre les chiffres ? le bilan ?

– Il y a bien longtemps que cela ne m'intéresse plus, mon pauvre petit.

Mais ses yeux ont brillé.

– Il s'agit de votre nom, papa, de votre entreprise. C'est vous qui l'avez fondée.

– Et c'est toi qui vas la fondre. Tout cela n'est pas très grave. L'ordre des choses. L'*ordo rerum*, comme dirait

Loulou. Les hommes, les entreprises, ça naît, ça vit, ça mord, ça meurt, quelle importance, vraiment ? Dommage que tu n'aies pas été à la hauteur.

– Mais je n'en voulais pas, moi, de cette affaire ! Ça ne m'intéresse pas, papa, les vernis, les conserves, l'appertisé, le fer-blanc et l'ouverture à opercule : je m'en fous ! Vous entendez, je m'en fous ! C'est fini, ce temps-là, pour nous. L'heure est au regroupement, plus aux affaires familiales. Des boîtes comme les nôtres, c'est du passé, c'est fini, on est morts.

– Allons bon ! et toi qui, il n'y a pas deux minutes, me disais que l'affaire était saine et que je devais y investir jusqu'à mon dernier centime. Ma foi, tu m'avais presque convaincu, j'avais presque la main au carnet de chèques. Mais tu as été honnête, merci. Tu viens de me dire toi-même que l'entreprise est cramée. Alors, mon vieux, liquide et va-t'en.

14

Le matin, Camille aime dessiner dans sa chambre, au deuxième. Elle entend ronfloter Antoine, qui a encore dû rentrer à 6 heures mais qui, au moins, est rentré. Aux premiers éclats de voix montés de la terrasse, elle dévale l'escalier et se planque dans les cabinets du palier, d'où elle ne perd rien de la rixe qui oppose son père à son grand-père. Le vieux poids lourd a cogné par surprise et mis K.-O. l'impressionnable poids mouche, qui en pleure de rage, tandis que le premier chantonne dans son transat.

Ce qu'elle vient d'entendre l'excite. Elle attend que son père ait regagné sa chambre pour se glisser dans le garage, sauter sur son vélo et rejoindre sa mère.

Elle prend le remblai. Des gens vont et viennent dans le soleil. Des familles descendent à la plage. Des enfants portent pelles et râteaux. Et des seaux. Et des bouées canards. Sur la mer, il y a des voiliers et des planches à voile. C'est un jour comme un autre mais, dans une chambre d'une maison de famille, un père se désespère de perdre son entreprise et de n'avoir plus d'argent pour continuer la vie insouciante qu'il aime.

Ce qui a le plus surpris – choqué, même – Camille fut de l'entendre dire à son grand-père combien la direction des Vernis Chalaffre le rendait malheureux depuis vingt ans, et que c'est pour lui un calvaire d'aller à l'usine. Il aurait voulu autre chose.

« Mais enfin, tu ne fichais rien en classe, Patrice, il fallait bien te caser quelque part. Tu n'avais envie de rien. Tu étais mou et paresseux.

– C'est pas vrai, papa, c'est pas vrai, j'étais doué.

– Avec les filles, sûrement. Avec les femmes des autres, aussi. Avec ta femme, c'est moins sûr. »

Voilà ce que Camille a entendu. Son père, ensuite, n'a plus rien dit, et son grand-père s'est écrié :

« Ne pleurniche donc pas comme ça, Patrice, tu es ridicule. Un homme, ça ? Monte dans ta chambre et regarde-toi, si tu l'oses. De quoi as-tu l'air, en culottes courtes, à ton âge ? »

Camille passe devant le Palais d'été, l'hôtel Royal, le casino en meringue qu'on parle de remplacer par un palais des congrès, le Castel Marie-Louise, l'Hermitage, et elle descend de vélo en abordant la promenade de la plage Benoît, avec ses dalles en jambon. Elle fait à pied les dernières centaines de mètres qui la séparent du Paradise, où sa mère tient ses assises.

Assises ? Façon de parler. La reine Isabelle est couchée, toujours. Non sans majesté. Et Camille la rejoint sous le parasol.

– Tiens, quelle surprise !

– Je suis venue déjeuner avec toi, je pense.

– Tu penses ou tu es sûre ?

– Je suis sûre.

– Tu as prévenu à la villa ?

– Non.

– Ça va faire des histoires.

– On va téléphoner. Tu permets un instant, je vais me baigner. Elle est bonne ? Oh ! pardon, j'oubliais, tu n'aimes pas l'eau.

– Pour ce que j'ai, le whisky, c'est meilleur.

– Hum ! pas sûr.

– Ne reste pas longtemps, Camille, s'il te plaît, j'ai faim. Et ne va pas trop loin.

– Bien, ma mère.

Camille fait sa révérence de collégienne et court vers l'eau. Elle ne court pas en canard, comme la plupart des filles. Elle va droit, son bassin n'ondule pas, ses pieds envoient du sable à gauche, à droite, à gauche, à droite. Elle a un drôle de maillot de coton, avec des rayures vertes et grises. Elle a des soupçons de seins et des hanches…, non, justement, pas de hanches. De loin, on dirait un peu un garçon qui a grandi trop vite.

– Elle est quand même pas mal, celle-là. C'est la relève, fait Annick au bar.

– Merci, j'ai remarqué.

– Mais sa mère, c'est pas la relève, c'est la couchée ! Vas-y, elle t'appelle.

Depuis que j'ai accueilli Annick dans ma garçonnière de La Bretonnière, j'ai un peu de mal à m'en défaire, mais je ne m'en plains pas. Avoir une femme dans son champ de vision rend les yeux plus brillants.

Ça fait bien rigoler Johnny. « Voilà ce que c'est de taper dans la clientèle, qu'il me dit, j'aurais dû te prévenir : Annick est un peu collante, on l'a toujours appelée "Sparadrap". Elle boit du gin, mais c'est un vrai scotch. Et même double scotch. Cela dit, tu as bon goût, elle est jolie. Mieux à poil qu'habillée, par exemple. Habillée, on voit tout de suite qu'elle est con. »

Cette réflexion à la noix, je l'ai déjà entendue. Eh bien, ça fera deux cons ensemble, je réponds à Johnny. Annick n'est pas embêtante, elle veut juste être là. Une peur panique de la solitude. Je ne sais pas grand-chose d'elle. Elle s'est posée dans un coin et m'a suivi parce que je ne l'ai pas repoussée.

Un soir, elle reste tard, jusqu'à la fermeture. Si discrète que je ne m'aperçois pas qu'elle est là, toujours, au bord du bar, assise devant un verre aussi vide que son regard. La journée a été belle. La douceur du soleil, la tiédeur de l'air pas plus que la plage soudain libérée ne retiennent les baigneurs sortis de l'eau par l'apéritif du soir. Même en vacances, la société tient les gens par des rites. Du moins, c'est ce que je remarque. Moi, les vacances, je ne sais pas trop ce que c'est. Ne rien faire m'a toujours fatigué. Le soir, chez moi, je lis *Béatrix* (déjà une histoire de vacanciers) et mes cours de droit. Je ne sors pas, je ne vois personne, je suis chaste, je ne connais aucune fille à embrasser, on pourrait me donner le prix no pelles de la baie. Je ferme le restaurant vers 19 heures. Le soir, le Paradise ne reçoit pas, à cause des odeurs de cuisine et du bruit. Sur cette partie de la plage, on veut du calme et se coucher tôt. Sur la terrasse, je replie les parasols, nettoie, empile et cadenasse tables et fauteuils. À l'intérieur, j'enlève les nappes, arrose les plantes et passe un léger coup de balai pour enlever le plus gros du sable. « Tu astiques trop, Jerry. Le gars qui a toujours le chiffon à la main, c'est le gars tendu, il lui faut des distractions. » Annick me regarde en balançant doucement le pied. Me regarde-t-elle, au moins ? Elle rêvasse. Je ferme le restaurant, elle sautille sur la promenade.

– On va où ?

– Chez moi.

– Eh ben, t'es un rapide, toi. Enfin, j'espère pas trop. Remarque, je dis ça, mais ça fait quinze jours que je suis là, à te montrer mes jambes.

Depuis, elle ne quitte mon lit que pour le lit d'un autre. C'est une dame qui aime le plaisir. Elle est discrète et organisée. Personne ne sait ni d'où elle vient, ni de quoi elle vit. Elle est foutraque, j'apprends avec elle le désordre, l'improvisation et l'oubli. Nous vivons dans l'instant, sans rien nous demander d'autre qu'un peu de plaisir à prendre et à donner. Nous entrons très tard ensemble au Golf ou au Kent, des bras se lèvent, des doigts claquent, des appels Annick ! Annick ! Annick ! Elle fond dans l'obscurité en poussant des petits cris, je me retrouve au bar, une fille arrive, on chuchote, on boit, on danse, elle a un peu froid, je la raccompagne. Le lendemain, je ne sais pas de quel lit je file discrètement. Je passe à La Bretonnière, Annick est là, avec qui ? peu importe, le sait-elle elle-même ? Je prends une douche, me change et cavale jusqu'au Paradise, où elle finit par me rejoindre. Nous ne nous racontons rien. Je ne suis pas le gars à rouler des couilles, elle n'a aucune mémoire. « Il faut que je sois dans le lit d'un mec pour me dire que tiens ! il m'a déjà sautée, celui-là ! Bon, tant pis. Chaque fois, je m'en veux, c'est du gâchis, j'aimerais mieux en goûter un autre. On va où, ce soir ? Pourquoi pas à Carnac ? »

Nous dansons au Stirwen de Carnac, au casino des Sports des Sables d'Olonne, au Tilt de Pierric. Nous rentrons de plus en plus tard, ivres, bouffis, épuisés, Annick toujours à jacasser. J'ai du mal à tenir jusqu'au soir. Il m'arrive de piquer un somme aux chiottes. Parfois, les clients font des réflexions. Johnny ne dit rien, mais je vois bien qu'il n'est pas content. Le gros Johnny. Je m'en fous. Je ne suis pas sur terre pour lui faire plaisir. Je découvre l'agrément d'avoir une femme sous la main et de m'amuser avec elle. Nous ne nous demandons rien d'autre qu'un peu de rigolades et de sauvagerie, et si Annick est mieux à poil qu'habillée, c'est qu'elle se dégage de ce que la société lui met sur le dos pour l'enrégimenter.

Annick est faite pour étirer sa peau brune dans des draps froissés, ou sur le sable de cette plage de Pen Bron, où nous allons nous baigner nus, après avoir traversé un bois de pins dont les aiguilles nous piquent les pieds, « Ce sont des pins sots », je fais, et elle rit, « Que tu es bête, Jerry », et, zigzaguant entre les vieux chiens, les jeunes enfants et les gros rougeauds, elle court vers l'eau en poussant des cris aigus. Oui, elle est mieux nue, avec son corps vif de négrillon, ses seins plus pâles, les petits grains de ses mamelons, son pubis comme un éventail ouvert sur son sourire, « Tu viens, Jerry ? », et j'y vais. Mais, trop vite, elle se rhabille, ce qui l'affadit. Tous ces trucs des boutiques l'éteignent. Elle n'a plus ce pétillement de petit diable ne tenant pas en place et menant la danse avec entrain. Avec elle, je prends du plaisir comme on prend du galon. J'étais un gars très fort dans les slows, un rien puceau ; maintenant, je suis capé, ayant juste à la suivre dans la sorte de samba où elle me lance, d'où je tombe essoré, quand elle semble juste reprendre haleine avant de continuer la fête.

Avant Annick, je me contentais des filles et regardais les femmes comme un plaisir remis à plus tard. Un pays escarpé, risqué, mais qui vous renvoie souvent chez vous à plat. On s'embarque pour l'Amérique, on échoue à l'Auchan. Annick m'a déglacé. Après quelques nuits de vertige et de stupeur, je vois bien que la plage est couverte d'Annick, au creux desquelles je peux passer sans devoir y rester, et qu'un des plus beaux présents qu'on puisse faire l'été à une femme, c'est de s'absenter au petit matin, sans oublier de descendre la poubelle. Tout le contraire de ce que j'avais cru.

La reine Isabelle a levé le bras. Le temps que j'arrive, le bras est retombé, elle s'est rendormie. C'est Astrid qui s'occupe de la terrasse, et ça tourne, et ça rigole, mais Johnny m'a demandé, quand il n'est pas là, de veiller sur Isabelle. Je dois surtout contrôler sa juste consommation de whisky, un verre toutes les demi-heures, une demi-bouteille par jour. Une sorte de transfusion. J'apporte sous forme d'alcool une légèreté passagère à une dame d'une humeur de plomb. Isabelle est affalée sur le gros matelas de la chaise longue, sa chemise de jean ouverte sur le soutien-gorge de son maillot. Ses lunettes d'aviateur ont glissé sur son nez luisant de crème. Sa lèvre inférieure fait, comme toujours quand elle roupille, de petites bulles de bave qui luisent et éclatent au soleil. En me penchant, je remarque l'épaisseur de ses cuisses. Épaisses et douces, aucune cellulite, peau dorée avec léger duvet blond clairsemé comme des cheveux de nourrisson, et attendrissant comme eux. Tout est émouvant chez Isabelle la résignée, mais je ne me laisse pas aller et, me redressant, j'ôte de la table basse le verre en cours et un cendrier à dix mégots de Gitanes. Sur le matelas voisin ont été jetés une serviette, un sac d'osier tressé, une minijupe de jean, un t-shirt blanc et des sandales vernies. Du sac dépassent un tube de lait solaire, un foulard et un Agatha Christie, *Témoin muet.* Je l'ai lu. C'est celui où un type est démasqué dans l'escalier par ses initiales à l'envers dans un miroir. Moi, avec le client, j'ai le regard américain. *The glance.* En une seconde, je vois à qui j'ai affaire.

D'un coup une ombre, il fait frais, je reçois une pluie de glace, une grande jeune fille blonde est là, près de nous, qui grelotte et s'ébroue. Comme une demeurée, elle rit toute seule en regardant le soleil et danse d'un pied sur l'autre en envoyant du sable. Je me redresse, je la reconnais à son maillot ruisselant, qui fait des plis sur sa peau humide, la reine Isabelle sursaute, éructe et râle :

– Camille ! non ! Va plus loin ! Puis, me voyant : Ah ! vous êtes là, Jérôme, excusez-moi, pouvez-vous nous retenir deux couverts à l'intérieur, s'il vous plaît. Et apportez-moi un autre verre, le temps que ma fille sèche.

Camille se retourne, regarde sa mère – ses yeux soudain tristes, ses épaules qui tombent –, gonfle la poitrine comme pour dire : « Maman, tu bois trop », mais, comme c'est inutile, elle décide que ça n'est pas grave, serre les lèvres et secoue la tête à toute vitesse, ses cheveux comme un soleil. Isabelle tousse et éclate de rire, pendant que je m'éloigne dans l'ombre, verre vide et cendrier plein à la main, vers le bar déserté par Annick, qui a juste, dans la soucoupe, laissé quelques pièces et ce mot : « Cette petite est pour toi. »

Cette petite quoi ? Cette petite... obole ?

15

Annick m'est sortie de la tête aussi vite qu'elle a quitté l'appartement, en laissant au rouge à lèvres, sur le miroir de la salle de bains, sa dernière blague : « Je vais à Milan sans Raymond. »

Annick est de ces filles auxquelles on ne pense jamais. Elles sont là, on est heureux ; elles ne sont plus là, on n'est pas malheureux. C'est agréable, la légèreté de ces gens dont la présence embellit une vie que leur absence n'enlaidit pas. Par habitude, je poursuis d'abord seul ces tournées faites avec Annick – Sako, Scotch, Kent, Grange –, mais sans le succès des semaines précédentes. Je gêne, sans elle : j'ai l'air d'un veuf, et les filles se détournent parce qu'elles ne veulent que les mecs qu'elles peuvent chiper.

J'ai adoré ces virées avec Annick. Elle était douce d'oreille. Je lui murmurais des mots tendres auxquels nous ne croyions ni l'un ni l'autre, mais qui nous amusaient dans la griserie d'un plaisir sur lequel ne pesait aucun de ces sentiments déplacés, comme l'amour, le sens du devoir ou le remords. Nous étions gris, grisés, jamais noirs, jamais blancs, et ne sentions aucun de ces obstacles qu'on se dresse devant soi. Annick aimait les gars rugueux, robustes et lourds, et ne se laissait prendre dans aucun piège, pas même celui de la débauche. Elle était facile et légère, et n'a plus donné aucun signe de vie depuis cet été-là, où je repris vite le pli de rentrer tôt pour passer mes soirées dans *Béatrix*, livre dans lequel on voit bien que l'amour est un sentiment trop violent pour pouvoir survivre en société. C'est pour ça, me disais-je, que les femmes qui croient trop à l'amour sont malheureuses, et qu'Isabelle Chalaffre ne croit plus qu'au whisky.

16

Les gens adorent l'été parce qu'il ne se passe rien, j'ai remarqué. Un soleil, un soleil. Un matelas, un matelas. Le journal, le journal. Une Suze, une Suze. Deux plats du jour, deux plats du jour. Et, le lendemain, on remet ça dans une ronde qui semble ne jamais devoir s'arrêter. Comme nous faisons toujours la même chose, le temps ne passe pas, il s'arrête, s'installe et se prélasse, comme la grosse Isabelle Chalaffre.

Grosse ? Non, j'exagère. Disons plutôt massive, imposante, épaisse, appétissante, paresseuse. Et malheureuse. Toujours sur le même matelas, jamais avec le même maillot. Toujours au whisky, jamais dans l'eau. La seule fois où je l'ai vue remuer ses jolies fesses, c'est le jour de l'accident.

Accident ? J'exagère encore. En fait, ce jour-là, il s'est passé quelque chose. De son matelas, Isabelle Chalaffre a jeté son glaçon dans le sable et tendu le bras pour que, du bar, je comprenne qu'elle est dans le désert depuis trop longtemps la la la la. J'accours avec un verre bien frais. La reine Isabelle est de mauvaise humeur.

– Regardez ! me dit-elle, comme les hommes sont ridicules sur cette plage ! C'est un mec, ça ?

Du bout du nez, elle me désigne un gringalet qui passe au loin. Un vieux déguisé en petit garçon, comme la plupart des hommes, l'été : sandales, bermuda, chemisette ouverte sur un torse maigre, blanchâtre et poilu, petit chapeau de paille, épuisette à la main. Trois enfants gambadent autour de lui : une boulotte et deux maigrichons. Tous marchent sur le sable mouillé et chantent *à la pêche aux moules, moules, moules, je ne veux plus aller maman*. Leur bonheur semble fâcher, et même indigner Isabelle. Elle en est si exaspérée que lorsque la boulotte (cinq ou six ans, à tout casser) en maillot rouge à gros pois blancs se prend les pieds dans une méduse, s'étale dans une flaque, s'écorche les bras sur des coquillages et se met à hurler, eh bien, Isabelle Chalaffre murmure « Bien fait, petite conne », et plonge le nez dans son verre. Elle se dit qu'elle est méchante, mais elle se marre quand même.

Moi, je fais deux pas en avant pour surveiller la scène, prêt à intervenir. Sur le sable mouillé, là-bas, tout s'est figé. Le groupe forme un cercle d'ombre autour de la boulotte blessée, les mouettes survolent, le vent a tourné qui emporte au loin chansons, gambades et gaieté. Le vieux gringalet prend l'affaire en main. Grave, calme, précis. Le genre pacha sur sa passerelle par gros temps. Sa tête fait un tour à 360°, ses yeux grossissent comme deux longues-vues, d'un index il pointe le Paradise et s'agenouille au-dessus de la boulotte, là, là, calme-toi, tandis que les deux maigrichons cinglent vers nous, sans un regard pour Isabelle à laquelle, au passage, ils envoient du sable (petits branleurs !), car ils courent vite, les gosses, et, tout essoufflés, piaillent en sautillant autour de moi :

– Monsieur ! monsieur ! elle est blessée ! On peut l'amener ici, monsieur ? Vite ! vite ! pour la soigner ! Elle perd son sang, monsieur ! Oh ! là, là ! Venez ! venez ! au secours ! à l'aide !

J'ai envie de leur répondre qu'ils n'ont qu'à chercher un maître nageur. Mais il n'y en a pas sur ce coin de plage, et leur panique m'amuse.

La boulotte est allongée. Elle joue son rôle de grande blessée avec application. Avec gravité, même. Au début, elle a même pleuré. Pleuré de surprise. Surprise, au milieu d'une matinée de vacances et de plein soleil, alors qu'elle part pour la pêche aux coques avec son oncle, son frère et son cousin Rodrigue, de tomber, de se faire mal et même de saigner. Son sang se mêle à l'eau salée qui descend en rigoles vers l'Océan. L'heure est grave. L'oncle Emmanuel lui parle à voix basse. La boulotte voit des mouettes au-dessus d'elle et, au-dessus des mouettes, le grand ciel bleu où elle va monter bientôt, quand elle se sera vidée de son sang, et où elle rejoindra sa maman et la gentille tante Claire, mortes à Noël sur une plaque de verglas, et elle se dit une prière. « Ne parle pas, ma chérie », murmure l'oncle Emmanuel. Alors, la boulotte arrête de remuer les lèvres, mais elle dit sa prière dans le fond de son cœur, s'inquiétant juste si ça peut avoir le même effet et si le bon Dieu, la Sainte Vierge, maman et tante Claire l'entendent quand même et si les mouettes aux ailes blanches ne sont pas les anges qui vont l'emporter là-haut.

De l'oreille gauche, elle perçoit le souffle de la mer. De l'oreille droite, *poum poum poum*, des pas qui se rapprochent. Elle voit son frère se pencher, pousser Rodrigue du coude, lui dire : « Elle bouge pas, tu crois qu'elle est morte ? – T'es con, toi ! » répond Rodrigue, et les deux garçons se penchent encore plus sur elle, qui ferme les yeux, qui ne voit plus que le rouge rose orangé de ses paupières, et l'oncle Emmanuel qui gronde : « Allez, les enfants, écartez-vous un peu, laissez-la respirer. » Tout d'un coup, la boulotte se sent saisie par les aisselles et les mollets. Elle ferme plus fort les yeux, ne voit plus que du noir, elle se dit je suis morte, c'est les mouettes, c'est les anges, j'arrive, maman, tante Claire, Sainte Vierge et le bon Dieu ! Mais non, c'est la voix d'oncle Emmanuel qui dit : « Cyrille, prends les pelles et les râteaux, et toi, Rod, va étendre une serviette sur un matelas. » Puis, plus fort : « Merci de votre aide, monsieur, j'espère que ça ne vous dérange pas trop. – Pas de problème », je réponds.

17

Les dames frémissent à notre passage.

– As-tu vu comme le nouveau serveur est bien bâti, dit à Isabelle Mercedes, sa nouvelle copine. Jérôme, c'est ça ? Mignon tout plein, je le mettrais bien dans mon lit. Tu crois qu'il est pour nous, ce petit gars-là ?

Comme Isabelle ne répond pas, elle murmure pour elle-même :

– Oui, c'est pas le genre de Johnny. Puis, plus haut : On l'essaie toutes les deux et on se raconte, d'accord ?

Annick partie, Isabelle a trouvé comme voisine de matelas la belle Mercedes qui, depuis son veuvage, donne dans l'esprit troufion. Elle adore les grosses blagues et traque le jeune gars. Mercedes est une croqueuse de braguettes. Dernier incendie avant extinction des feux. Elle a de beaux états de service parmi croupiers, fils de famille, matelots, véliplanchistes ou marchands de glaces, lionceaux émerveillés de se retrouver en Alfa Roméo près d'une dame élégante qui les déshabille dans les dunes de La Turballe et s'écrie que « l'amour à longs flots nous verse le bonheur » quand ils éjaculent entre ses seins, sur ses colliers de perles qu'elle ne quitte jamais. Bref, Mercedes ébouriffe le puceau.

– Il faut les prendre au cerceau, il faut même les surprendre. Avant vingt ans, dans tous les cas. Dès qu'ils ont un métier, ils sont perdus pour l'amour. Les hommes meurent vite. Ils deviennent laquais dès qu'ils commencent à avoir de l'ambition et une carrière à mener. Avant, ils sont gentils. J'en ai un qui m'envoie des roses tous les ans, à l'anniversaire de notre première nuit, et qui, pourtant, ne me voit pas lorsqu'il me croise. Si tu savais qui c'est, tu rirais bien.

– Je le connais ?

– Oui, mais ce n'est pas Patrice, rassure-toi. Je ne mange pas le pain de mes copines, seulement les pines de mes copains. Bon, ajoute-t-elle en se levant, je vais me tremper, ne bouge pas.

Puis, sortant du bain, à Isabelle lui disant :

– Tu ne te rinces pas à l'eau douce ? Ils ont installé des douches près de l'escalier, là, regarde !

Elle répond :

– Pas le vendredi, j'ai mon mari. Il faut que je reste salée pour lui. Il adore ça !

Elles rient, puis elles changent de conversation, pendant que nous nous affairons autour de la petite boulotte allongée sur un matelas. Isabelle replonge le nez dans son verre quand, soudain, venue du fond des âges, elle entend cette voix de vingt ans, cette phrase d'Emmanuel Le Douarin, le vieux gringalet :

– Toi, Isabelle, tu vas chercher les glaçons !

Stupeur.

– Eh bien, tu rêves ou quoi ? Bouge-toi.

Étourdie, Isabelle Chalaffre se lève d'un bond et se retrouve, auprès d'Emmanuel, à soigner la boulotte qui n'a rien, pendant que Mercedes me propose de me mettre de la crème sur le dos et que les deux gosses, ayant sauté sur les tabourets du bar, jouent à commander des cognacs et des trompe-la-mort.

– Tout de même, elle n'a rien, ta fille. Tu en fais des tonnes, Emmanuel, non ? Le garrot, la glace… Pourquoi pas l'évacuation par hélicoptère !

Emmanuel éclate de rire. Isabelle remarque ses dents. Les dents, c'est toujours ce qu'elle regarde en premier chez les gens. Emmanuel a de belles dents.

– C'est pas ma fille, c'est ma nièce. Je n'avais pas très envie d'aller à la pêche. C'était une idée de Véronique. Véronique, c'est ma femme. Elle a un peu tendance à vouloir tout organiser. Les garçons se disputaient, Vivine boudait un peu. Elle a trébuché, j'en ai profité, voilà tout. Ça lui fera de bons souvenirs.

À moi aussi, ça fera des souvenirs, pense Isabelle. Mais elle ne dit rien.

Pendant ce temps est arrivé Johnny, un peu mécontent de voir son restaurant aux mains des enfants. Il me prend par le bras.

– Voyons, Jérôme, tu as vu l'écriteau : « Interdit aux chiens, aux enfants et aux socialos. »

Je lui raconte, il se calme et reprend les choses en main.

– Bon, alors, Jérôme, s'il te plaît, tu t'éloignes de la dame et tu apportes deux 10 Mai à ce jeune couple. C'est offert par la maison. Puis, d'une voix forte : Les enfants, venez vous laver les mains, et on passe à table. Pas toi, Mercedes.

Au bout d'un temps si long, si pesant et si gêné qu'on dirait que la marée est montée et redescendue cinq fois, Emmanuel parvient à articuler :

– Ce vieux Johnny, il n'a pas changé, toujours insupportable ! C'est quoi, un 10 Mai ?

– Un cocktail à base d'angustura et de gin, monsieur, je réponds en apportant deux verres à bordeaux et des chips. C'est frais et sec à la fois. Comme dit M. Johnny, un vrai coup de trique. Et c'est rose, comme vous le voyez.

– D'accord, oui, un Pink Gin, quoi. C'est pas vraiment nouveau.

– Tu te souviens, fait Isabelle, c'était le cocktail préféré d'Harry Pilcer, au Bretagne.

Emmanuel lève son verre. il voit briller les yeux d'Isabelle sous sa frange trop blonde. Les lunettes de soleil qu'elle a relevées en serre-tête laissent voir ses racines, mais il est trop ému pour le remarquer. Loin de cette terrasse au soleil du Paradise, les gorgées glacées du Pink Gin l'envoient, plus de vingt ans auparavant, dans ce petit bar de l'hôtel Bretagne, en haut de l'avenue De Gaulle, ces fauteuils de cuir vert et madame Jeanne Vincent – son chignon, son tricot, ses jeux de cartes – devant laquelle on doit se prosterner avant de rejoindre la bande.

– Ça faisait longtemps que j'avais pas bu de ce truc-là, dit Isabelle en reposant son verre. Moi, c'est plutôt le whisky.

– Et moi, plutôt l'eau minérale.

– Ah, je vois, toujours sérieux.

– Sérieux, je ne sais pas, non, je ne crois pas. Disons plutôt que l'alcool m'ennuie. Enfin, peu importe. Je suis content de te revoir, Isabelle.

– Oui ? Bon, tu es gentil. Moi aussi, je suis contente de te revoir.

– Je pense souvent à toi.

– Moi aussi.

– Merci, tu es gentille.

– Non, je veux dire : moi aussi, je pense souvent à moi.

Ils éclatent de rire. Ils ne se sont pas vus depuis vingt ans. Il y a vingt ans, ils font partie de la même bande, au club des Crabes. Emmanuel le Douarin a moins d'argent que les autres et prend soin de ses affaires. Ses maillots de bain lui durent plusieurs étés, ses raquettes de tennis aussi. On l'aime bien. Il est calme, doux, terne, sérieux et serviable. Quand la bande fait du bateau, il s'occupe de tout. Les filles aiment le bateau pour bronzer aux Evens, les garçons pour aller plus vite que les autres. Mais personne ne veut préparer ni ranger les 420, c'est toujours Emmanuel qui s'y colle et, quand il a terminé, on a décampé sans l'attendre ni lui dire où on va. Un jour, Jacqueline Chalaffre met de côté de vieux vêtements de son père, « C'est pour vous, mon petit Emmanuel !

– Que voulez-vous que j'en fasse, madame ?

– Eh bien, je ne sais pas, moi, portez-les. C'est important, une garde-robe, vous savez. Vous êtes toujours habillé pareil, c'est pas très chic. On voit bien que vous vous habillez à Saint-Nazaire, chez ce plouc de Génin, ceci dit sans vous offenser... Vous êtes de la même taille que mon père. Avec moins d'allure, bien sûr. Enfin, pardon, c'était une autre époque, on savait se tenir. Question d'éducation, aussi. Donc, j'ai pensé que... »

Le pire, c'est qu'elle n'est pas gênée. Personne – à part Isabelle, qui s'en indigne, et le vieux Chalaffre, qui s'en amuse – ne s'est aperçu qu'Emmanuel s'est senti comme giflé. Il ne répond rien (« Pas très poli, ce petit-là, je regrette presque... », a commenté Jacqueline Chalaffre), file discrètement et ne reparaîtra plus jamais allée Tyzette.

« Patrice, tu les lui porteras !

– Laissez, madame, je m'en chargerai », dit Isabelle, qui donne les vêtements à Mme Hervo, adjointe aux Affaires sociales à la mairie et belle-sœur de la Jeanne Vincent de l'hôtel Bretagne.

Depuis, Jackie hoquète de voir passer les vestes de son père sur les pauvres de la ville. Vengeance involontaire d'Emmanuel, l'homme le moins vindicatif de la terre.

S'il y avait pensé, Emmanuel aurait bien épousé Isabelle, qui y avait pensé mais qui a épousé Patrice. Pourquoi ? Bah ! on se marie à la fin de la jeunesse comme on rentre à Nantes à la fin de l'été, voilà tout. Pour continuer la fête. On choisit un mari comme un bikini. Patrice, Marc, Gilles… ou Emmanuel, s'il n'avait pas déserté et fini par épouser assez tard une jeune fille ingrate, commandeuse et sérieuse, qui lui a donné trois enfants pour les lui reprendre tout de suite, tant elle juge les hommes inaptes à l'éducation.

Tout cela, bien sûr, je l'ai appris après coup par Johnny, auprès de qui j'ai mené une enquête serrée. Parce que j'ai bien vu, moi, combien Isabelle Chalaffre a été bouleversée de voir ressurgir ce passé dont elle s'était d'abord moquée. Elle a passé du temps à parler avec Emmanuel Le Douarin. Elle semblait si concentrée qu'elle n'a même pas vu arriver sa fille.

18

Je gare ma Peugeot 104 sous les saules, aux Fossés blancs, à l'entrée du canal du Nord. Je n'étais pas sûr de retrouver le bateau, mais il est bien là, dans les roseaux : le vieux chaland de chasse du père Moyon, bien goudronné, coulé sous les pierres, à l'abri du soleil et de la lune, qui disjoignent les planches.

Avant de partir se disjoindre lui-même au cimetière de Saint-Joachim, Moyon m'a confié la clé du cadenas. « Tu es le seul que je connaisse à aimer mon bateau, Jérôme. Va le voir de temps en temps. Promène-le, si tu veux bien. Invite les filles : elles adorent ça, s'allonger en laissant traîner la main dans l'eau. Sinon, bah, tant pis ! laisse couler. »

La chasse m'emmerde, et pour rejoindre les filles j'avais mon vélo, puis ma mobylette, et maintenant ma voiture. D'ailleurs, les filles d'aujourd'hui n'aiment plus traîner sur les canaux pleins de vieux aux yeux perçants. Mais personne, ici, en plein juillet, ne s'intéresse à cette grande bringue qui sautille derrière moi, que je connais à peine et qui, pourtant, ne se dit pas qu'elle est folle et aurait dû rester à La Baule. Car La Baule, cette année, est insupportable à Camille.

L'autre jour, lorsqu'elle revient au Paradise déjeuner avec sa mère, elle répond oui – un petit oui, presque un soupir – à la proposition que je lui fais d'un coup, d'une virée en chaland. Le fameux circuit pour touristes, dans les canaux de Brière. Surprise autant que moi, elle rougit. Elle se le reproche mais, quoi, c'est trop tard et je ris. Elle rit aussi. C'est un moment charmant sous le toit de paille du Paradise. Mon succès auprès d'Annick m'a fait oublier combien les filles peuvent être délicieusement compliquées. Complexes, plutôt, sensibles, subtiles. Mon système a toujours été de ne pas entrer dans leur jeu et d'opposer la plus brutale franchise à leurs finasseries. Un bœuf, voilà ce que je suis. Enfin, sans me vanter, disons plutôt un taureau. Un taureau qui va tranquillement vers le toréador, ne bronche pas sous la banderille, ne sourcille pas face à la muleta et aux déhanchements de ce cambré déguisé en sapin de Noël. Les filles, il faut marcher sur elles et les faire éclater de bonheur. Du moins est-ce ma théorie et, quand je suis en forme, ma pratique.

Il est vrai qu'à Nantes, j'ai été d'une chasteté de branleur. Il y avait bien les filles poudrées des beaux quartiers, leurs longs manteaux bleu marine s'entrouvrant sur des jupes écossaises, leurs souliers à bride, leurs boucles d'oreilles et leurs coiffures dont pas un cheveu n'ose bouger sous les serre-tête. Elles marchaient en bandes, à petits pas étroits et rapides, les yeux baissés sur nos pantalons. Mais que pouvais-je entreprendre, avec mon jean, mes bottes et mon anorak ? Nous avions le même âge, j'avais l'air d'être leur fils. Pouvais-je baiser ces dames d'œuvres, gantées de pécari ? Pouvais-je les déshabiller, avec mes moufles en nylon doublé laine ? L'hiver, Camille Chalaffre est peut-être de cette bande, mais il n'y paraît rien sur la plage et je me suis enhardi. Annick partie, j'ai besoin d'une femme, et voilà le résultat.

Dans la voiture, Camille ne dit rien et regarde tout. C'est la première fois qu'elle quitte La Baule. Elle connaît Rome, Courchevel et Londres, mais pas les tours de Guérande, les délicats miroirs gris des marais salants, les maisons coiffées de chaume de Kerhinet et Saint-Lyphard, tout ce que les estivants appellent « l'arrière-pays », et qui est mon pays.

Elle regarde autour d'elle, sidérée par le paysage, les maisons, les vaches. Je la sens qui se retient de poser des questions. Elle a raison : je ne saurais pas lui répondre, et ça m'embête, le pittoresque et tout le machin. Mais je suis heureux qu'elle soit là. Avoir une fille dans sa voiture rend la vie plus jolie. Enfin, la vie : tout de suite les grands mots ! disons au moins le trajet. J'ai envie de chanter, mais j'ai laissé éteint la radiocassette. Je ne veux pas ressembler à mon frère, qui roule lentement dans Fédrun, vitres baissées, la musique à fond les ballons.

Moi, je suis le gars distingué : pas de musique parce que ça ne se fait pas, pas de paroles parce que je ne sais pas quoi dire. Camille se tait aussi. Ce n'est pas tout à fait son genre d'accepter la première invitation d'un type qu'elle n'a vu qu'une fois mais, pour fuir sa famille, n'importe quel siège arrière de moto, croupe de cheval, porte-bagages ou bastingage ferait l'affaire.

Elle en a assez d'être leur petite chérie. Elle se trouve d'un coup plus adulte que ces antiques gamins, qui ont cessé de l'impressionner comme de l'éblouir. Elle vient de les dépasser. Elle les a crus grands, ils sont minuscules ; forts, ils sont veules ; drôles, ils sont ennuyeux. Il faudra bientôt qu'elle les aime davantage pour ne pas les mépriser. Mais la barbe, les bonnes résolutions : elle verra plus tard. En attendant, elle vogue en chaland parmi poules d'eau, ragondins et canards, avec un beau gars bien balancé, et ce gars, c'est moua-a-a-a, chuis plus z'heureux qu'un roua ! Elle est assise, bien sage, genoux serrés, sur le petit banc que j'ai soigneusement séché. La prochaine fois, j'installerai des coussins pour qu'elle puisse s'alanguir, façon reine de Saba en gondole, et faire la lascive. Debout derrière, je plante la perche dans la boue du canal, et nous avançons dans le soleil.

Comment trouver du charme à un coin qu'on n'a jamais quitté ? Je suis désolé de n'avoir à offrir à Camille que ces pauvres paysages de Brière, qui gonflent d'orgueil tous ceux qui n'y sont pour rien, comme mon père et mon frère, par exemple.

Je voudrais botter le train à mon pays pour qu'il en sorte des merveilles. J'aimerais pour Camille des parades de colibris et d'oiseaux-lyres, un déploiement d'orchidées et d'agapanthes, un poudroiement de papillons multicolores, des vols de fées à chapeaux pointus et de canards à plumes vert, fauve et bleu pour nous tracer la route, des slaloms de carpes et de brochets (et des dauphins, tiens ! les filles adorent les dauphins) devant le chaland, dans un étincellement d'écume irisée. Ouais ! je t'en foutrais, moi, de l'écume irisée ! Autour de nous, il n'y a que busards et roseaux gris, et moi qui plante la perche dans la vase en tâchant d'aller droit et régulier vers une sombre auberge à toit de chaume, pierres apparentes et géraniums, où on nous proposera anguilles sautées et cuisses de grenouille.

19

Je ne l'ai même pas embrassée, l'autre soir, après notre excursion en Brière, en la laissant à cent mètres de la maison de ses grands-parents, « Je vais finir à pied, merci Jérôme ». Ça m'a vexé. J'aurais aimé la jouer détaché et redémarrer au quart de tour en la doublant dans un tourbillon de sable, sans la saluer, mais le moteur a calé, Camille a éclaté de rire avant de disparaître entre les chênes verts, sans se retourner. Il y a de cela deux jours.

Pour être franc, je ne pense plus qu'à elle. C'est physiquement qu'elle me manque. J'essaie de la reconstituer. De la rassembler. Voyons… Des cheveux blonds coupés court, dans tous les sens, avec une frange dans les yeux. Des yeux euh… merde ! comment sont ses yeux ? Des yeux de bonbons menthol. Ou de vodka. Des yeux qui vous glacent, vous brûlent et déshabillent jusqu'au squelette. Elle a une allure, aussi. Une démarche de grande bringue désarticulée, de girafe à ressorts, d'autruche sur patins à roulettes, de cigogne qui danserait la samba. Mais bon, c'est vague, c'est flou, et j'aimerais réviser, la revoir, la toucher, sentir sa peau.

Comme elle m'ignore, je me suis mis en tête de la haïr. C'est quoi, cette fille dont les seins ont l'air si doux ? Une bonne sœur en maillot de bain, une sainte les fesses à l'air. Une snobinarde, voilà. Qui s'est bien moquée de moi.

Pendant le déjeuner, elle n'a pas cessé de parler. Comme je ne savais pas quoi dire, je lui ai juste demandé ce qu'elle voulait faire de sa vie. Comme ça. Pour voir. Ça m'intéresse toujours : l'ambition de nous organiser une vie à nous, je ne vois que ça pour nous différencier des animaux, nous les hommes. Une vache ne veut pas sortir de sa condition, un tigre non plus. Un homme, oui. Du moins un homme comme je l'entends : faire mieux, faire plus, faire autre chose. Essayer, au moins. Mon père se hait de n'avoir pas essayé. Mon frère a essayé avant de se faire rattraper par sa bonne femme. Ma mère n'essaie rien, peut-être parce qu'elle est belle et qu'elle ne voit pas ce qu'elle pourrait faire de mieux que sa beauté. Moi, j'ai réussi le plus dur : au moins à partir de chez moi.

Camille a de grands projets : elle veut une vie d'idéal. « Attention, Jérôme, pas une vie idéale, tu comprends ? Une vie d'idéal, avec un idéal, comment t'expliquer ça, voyons ? Cette vie, que nous vivons en ce moment, n'a aucune importance. C'est un brouillon, un essai, un premier jet, tu vois ? L'importante, c'est la vie prochaine, la vie éternelle, la vraie ! »

Allons bon, c'est une folle. Une illuminée. Je préfère ne pas répondre. Apparemment, Camille ne se moque pas de moi. C'est bien ce qui m'inquiète, d'ailleurs : elle a l'air sincère, mais moi je regarde ses épaules, ses yeux, sa poitrine, sa bouche, et je n'ai pas envie d'entendre parler trop longtemps de bondieuseries, de la communion des saints, de sainte Thérèse de Lisieux et de cette pluie de roses qu'elle enverra du ciel. Donc, histoire de changer de conversation, je demande à Camille si, en attendant les roses, elle voudrait pas des cornichons avec sa terrine de lapin. D'accord, c'est moins distingué, mais c'est la vraie vie : pour moi, pas de paradis sans cornichons.

Depuis, j'y pense tout le temps. Elle veut quoi, au fond, cette fille ? Le Ciel, c'est ça ? Mais l'ambition du Ciel n'est-elle pas aussi minable que celle du Rotary ? Vouloir faire partie des élus, des notables, des importants sur la terre comme au ciel, pouah ! C'est pas de l'ambition, c'est de la pose. Moi, je suis peut-être une pécore, mais je suis joyeux, léger, tranquille et gentil. Je suis ambitieux, et j'emmerde tous les prétentieux, la Camille Chalaffre en *number one.*

Pour me calmer, je regarde la plage. Je l'aime, cette plage. Elle varie tout le temps et ne change jamais. C'est un miroir sur lequel se reflètent les humeurs du ciel et des nuages, du soleil et du vent. La plage, seule, est imperturbable, elle s'en fout et reste là. Elle a bien raison, c'est une leçon pour la vie, et c'est ma devise : il faut s'en foutre et rester là. Se foutre du ciel et du vent, du soleil, de Camille et des nuages, de la mer froide qui monte et descend et dans laquelle j'aime me baigner au petit matin, quand les clients sont au lit. Ici, l'eau n'est pas fraîche, elle est froide et rend effervescent. Voilà pourquoi les femmes s'y trempent juste en poussant de petits cris, avant de remonter s'étendre sur la plage tiède, heureuse plage, qui me plaît aussi parce qu'elle attire ces chères paresseuses qui s'alanguissent au soleil d'août et brunissent lentement sous ses caresses cuisantes. Plaisir de frire, joie de dorer

Un jour, Gildas vient nous voir et se moque de nos colonies d'otaries vautrées sur les matelas. Johnny et moi nous récrions. Rien ne nous plaît davantage que de les voir oisives, allongées, abandonnées.

– Abandonnées, c'est bien le mot, les gars, elles s'ennuient, vos bonnes femmes.

– D'abord, c'est pas « nos bonnes femmes », répond Johnny. Ensuite, laisse-les tranquilles, elles se délassent.

– De quoi ? Elles se délassent parce qu'elles sont délaissées. Elles se délassent de n'être pas enlacées. Il faudrait les occuper.

– Elles ont toutes un mari et au moins un amant, laisse-les se reposer, c'est pas le club Mickey, ici, on ne va tout de même pas organiser un concours de châteaux de sable !

– Pourquoi pas ?

Johnny éclate de rire et lève les yeux au ciel :

– T'as pas plus démodé, comme idée ?

Gildas grimace.

– Un concours de châteaux de sable, je plaisante, bien sûr. Mais il faudrait faire quelque chose, je sais pas, moi. Un tour en bateau avec pique-nique aux Evens, un tournoi de volley, du golf sur la plage, euh…

– C'est ça, tout le monde en polos rayés à faire des jeux avant le goûter. Tu veux transformer La Baule en colonie de vacances, ou quoi ?

Vaincu, Gildas hausse les épaules.

– N'empêche, soupire-t-il, les femmes ne sont jamais si belles que quand elles bougent.

– Ça, c'est vrai.

Cette perspective donne soif à Johnny. D'ailleurs, il est déjà une heure moins dix, j'ai fini mon service et, pendant qu'ils bavardent, je demande :

– Je peux disposer, capitaine ?

– C'est ça, fait Johnny, va te baigner.

– C'est vrai, je peux ?

– Bien sûr, pourquoi non ? T'as besoin de la permission de ta mère ?

– C'est que, vis-à-vis des clients…

– Écoute, Jérôme, on n'est pas sur la Côte d'Azur, on est sur l'Atlantique. Il n'y a pas une plage pour les clients, une autre pour les domestiques. Il y a une plage pour tout le monde, c'est la démocratie.

Je marche jusqu'à la mer, que je fends d'un crawl bien balancé. Quand je remonte, ces dames me complimentent sur mon style, s'inquiètent de la température de l'eau, m'applaudissent pour ma vaillance. Et, parmi ces dames, il y a Camille.

20

À ce moment-là, je sais que, de toute ma vie, je ne quitterai pas Camille. Je l'emmène, sans insistance de ma part ni résistance de la sienne, dans ma garçonnière de La Bretonnière, tout là-haut sous les toits, avec cette terrasse incroyable d'où l'on voit toute la baie. Nous n'arrivons pas à nous quitter. Nous nous aimons tant que nous nous aimantons. Nous passons une nuit très douce. Nos corps s'enchaînent et se déchaînent si naturellement que nous avons l'impression de nager. Camille, aucune crainte de perdre pied, juste curieuse et amusée, élégante dans sa retenue, puis dans son affranchissement, la liberté nouvelle qu'elle s'offre, la permission qu'elle m'accorde de jouer avec elle. Je ne pense même pas à l'impressionner. J'aurais pu lui montrer les trucs qu'Annick m'a appris. Les filles, en général, je fonds sur elles. Là, je me suis fondu en elle, et plus rien n'existe que Camille et moi, enlacés dans le ciel de La Baule, dans les étoiles puis dans le soleil. C'est si beau que nous en pleurons. Et nous léchons nos larmes sur nos joues.

D'habitude, les filles, c'est des pièges. Il n'y a qu'à voir mon frère et sa gueularde. Avec leurs jambes qui vous attrapent, je me méfie d'elles, et Camille, quand même, c'est une fille.

Elle n'est pas comme les autres, d'accord, mais elles ne sont jamais comme les autres, c'est ça qui nous trompe.

Elle est bizarre.

Ou, plus curieux encore, c'est moi qui suis bizarre. Je ne me reconnais pas. Je me sens tout neuf, ardent et fragile.

Avant Camille, j'avais couché avec les filles des roseaux, mais sans plus. Quand on allait à la pêche aux écrevisses, par exemple. Et puis après les slows. Les filles des roseaux, elles jouaient les délurées pour mieux nous coincer. Nous, on voulait juste leur caresser les seins, mais sans plus. Puis, glisser les mains dans leur culotte, là où c'est chaud, pour voir comment ça faisait. Mais sans plus. Puis, y mettre la joue, parce que c'est doux. Mais sans plus. Puis, le nez, parce que ça sent bon. Mais sans plus. Puis, la langue, pour goûter. Juste pour goûter. Sans plus. Puis, on voulait tout voir d'elles, tout connaître, tout visiter. Parce que c'est intéressant et que c'est irrésistible. Mais sans plus. On voulait entrer, mais on voulait aussi sortir. On voulait pas se retrouver à l'Auchan de Trignac, derrière un caddie, enchaînés, galériens de l'amour comme Béatrix et Carlo. Avec les filles des roseaux, c'était juste compliqué d'aller où on désirait sans les laisser nous entraîner où elles voulaient : menottés à un caddie, au rayon surgelés.

Je regarde Camille endormie. Elle n'est pas belle selon les critères des magazines. Dieu merci. Elle ne sera jamais reine de Brière, ni Christie Brinkley. Tous les éléments sont jolis, l'ensemble éclatant, superbe d'allure, ravissant, mais bizarre. Tous les détails sont moches et l'ensemble est magnifique. On voit bien que ça tient par la tête, peut-être par les nerfs. Quand on caresse Camille, on sent la poitrine, pas le cœur. Peau douce, sang froid. C'est une impérieuse, une implacable, une distante. Elle veut le ciel parce qu'elle ne trouve pas la terre assez bonne pour elle. Ça promet. Mais je ne crains pas les dictateurs. Et je n'aime que les gens bizarres, surtout les filles.

J'ai raconté comment j'avais cogné un patron, pas comment j'ai fait mettre genou à terre à ma grand-tante Yvonne, une salope égoïste, méchante, cancanière, mal lavée, bordélique et geignarde, devant laquelle tout le monde pliait par lassitude. Tout le monde, même moi. Sauf qu'un jour, pour changer, je l'ai tout doucement traitée de sale conne, et j'ai vidé mon sac. En deux minutes d'insultes, sans hausser le ton, j'ai flanqué à l'octogénaire toutes les raclées qui lui avaient manqué depuis son enfance. Que c'était bon ! Dans ses yeux tout en gelée, j'ai vu le désarroi de la sorcière qui fait rire au lieu de faire peur, et elle a éclaté comme la bulle de savon que sont la plupart de nos tyrans, gonflés de notre seul souffle.

Au matin, sur la terrasse, nous dominons les pins des

jardins du Castel Marie-Louise et la mer, plus loin, piquée de voiles blanches et orange. Camille m'explique la vie :

– Imagine, dit-elle, la personne que tu aimes le plus au monde.

– Je n'ai pas à l'imaginer. Je l'ai. Elle existe. C'est toi.

Camille rit un peu. Pas beaucoup. Comme ma mère quand on la trouve belle. Elle lève les yeux au ciel. Elle me dit tu es gentil, hausse les épaules, je lui prends la main et y dépose les lèvres, pardon, Camille !

– De toute façon, reprend-elle, je ne voulais pas parler de ça. Je voulais parler du plaisir. Du plaisir et de la vie. Si la vie n'est pas sacrée, alors le plaisir est sans importance ; il est seulement du plaisir et se limite à ce qu'il est. Si la vie n'est pas sacrée, on ne fait pas l'amour, on baise ; alors baiser, c'est comme manger des frites. Manger des frites, c'est un plaisir, mais un plaisir stérile, tu me suis ? Tandis que faire l'amour, c'est un plaisir fertile. Cela dit, si nous n'avions aucun plaisir lorsque nous devons nous reproduire, nous ne nous reproduirions plus et l'espèce serait morte. Donc, un plaisir est sacré quand il permet de continuer à vivre.

– Et alors ?

– Alors, rien. Il faut être à la hauteur, c'est tout. Jérôme, je dois te dire une chose : je ne savais rien du plaisir. Je m'en fichais comme on se fiche d'un sport qu'on ne pratique pas. D'un pays dont on a entendu parler et où on ira peut-être un jour. Bon, d'accord, c'est vrai, c'est pas mal. En fait, j'ai eu un plaisir tel que je veux continuer à vivre avec toi. À une condition : au même niveau. Mais non, idiot, pas la peine de regarder en bas. Je ne te parle pas de l'étage, je parle...

– Du septième ciel ?

Camille fait oui en rougissant, et nous retournons au lit, que nous ne quittons pas de toute la journée : je ne travaille jamais le mercredi. Ce qu'elle m'a raconté ne m'a pas trop plu, soit dit en passant. Il faudra qu'elle m'explique mieux. En attendant, amusons-nous.

Johnny passe dans l'après-midi. J'ai oublié qu'il a la clé. Il ne frappe ni ne sonne. Camille se glisse vite fait sous le drap, qu'elle remonte au-dessus de la tête. Une mèche blonde dépasse un peu.

– Tu pouvais pas sonner ? T'es gonflé, quand même ! je dis à Johnny.

Lui, mi-embêté, mi-rigolard :

– Excuse-moi, Jerry, j'aurais jamais pensé que, par un beau temps comme on a aujourd'hui, tu aurais passé ton jour de congé tout seul chez toi, à faire la sieste !

Il me fait un clin d'œil appuyé, puis :

– J'étais juste venu te mettre un mot, mais puisque tu es là, je vais te le dire de vive voix : Mme Chalaffre s'inquiète. Sa fille Camille n'est pas rentrée de la nuit, et elle n'a prévenu personne, rien. J'ai essayé de la calmer, mais elle commence vraiment à se faire du souci. La petite était hier avec toi, tu ne saurais pas où elle est passée, par hasard ?

Sous le drap, Camille hoquette de rire.

– Non, je réponds.

Et, comme elle me chatouille les reins, je ris aussi.

– Humph ! fait Johnny, je vois. Enfin, si jamais tu l'aperçois, dis-lui tout de même que ses parents songent à prévenir les flics.

– OK, capitaine.

Johnny fait deux pas vers la porte, et revient. Au doigt, il a un soutien-gorge accroché à la poignée de la salle de bains.

– Jérôme.

– Ouais ?

– La gamine. Elle a seize ans.

– Vraiment ? Et alors ?

– Fais gaffe, c'est tout.

Il balance le soutien-gorge sur le lit et part en claquant la porte.

Gros jaloux.

21

En début de soirée, je raccompagne en voiture Camille chez ses grands-parents. Du haut de la terrasse où ils sont tous à prendre l'apéritif, Antoine nous aperçoit, se penche et nous hèle : « Montez ! Montez ! » J'ai un mouvement de recul, Camille me tire par le coude et, pendant que nous gravissons l'escalier plein d'hortensias bleus, un frisson passe : c'est le premier garçon que ramène Camille à la maison.

– Est-ce que tu le connais, Antoine ? demande Mme Chalaffre.

– On est ensemble à la fac, grand-mère, oui, oui, nous nous connaissons très bien.

Et, grâce à cet adoubement, toute la famille soupire de soulagement, ce qui met dans l'air une joyeuse électricité. Pour appuyer notre camaraderie, Antoine s'avance vers nous, embrasse sa sœur, « Les parents sont furieux », murmure-t-il, elle hausse les épaules et se précipite dans les bras de son petit papa chéri d'amour, qui oublie aussi sec toute velléité de gronderie, pendant qu'Antoine me prend chaleureusement par les épaules et, manifestant une cordialité dont il a été jusqu'ici fort avare, s'écrie à la ronde :

– Monsieur le ministre, mesdames et messieurs, je vous présente Jérôme, le meilleur nageur de la fac de droit.

– Et de la baie de La Baule ! ajoute Isabelle dans un grand sourire. Je vous ai vu hier, Jérôme, c'est impressionnant, quel élan ! quel coup de reins, hein ! Enfin, euh… je veux dire…

– Félicitations, jeune homme ! dit celui qui doit être le ministre.

Il se lève pour m'enserrer la main entre les deux paumes et s'agite frénétiquement avant de se retourner pour proclamer, l'index en l'air :

– Un esprit sain dans un corps sain !

– Et dans un corset, un esprit sait ! ajoute un vieil homme en se tapant la cuisse.

L'assemblée éclate de rire, « Sacré Loulou ! » pendant que, guidé par Antoine, je fais le tour de la terrasse sans trop savoir qui je salue, avant de m'asseoir, tout étourdi, sur un muret, un verre de porto à la main, qui me vient d'où ?

– Vous buvez du porto ! grogne un vieux monsieur dans un fauteuil d'osier. Quelle idée ! Enfin, chacun son genre, sinon son style. Moi, j'en prends en automne sur du roquefort, et voilà tout. En apéritif, l'été, je trouve que ça fait vieille Anglaise. Ou jeune chochotte.

Est-ce que c'est à moi qu'il parle, ce vieux beau, avec

son foulard de soie, ses chaussures tressées et ses remugles de vétiver ? Sa babine se retrousse sur une canine en porcelaine, dans le genre ricaneur, et je ne sais pas ce qui me retient de lui balancer mon verre à la gueule. Si, je le sais : l'instinct. Quelque chose me dit que ce type est le maître de maison, le majestueux grand-père qui fait trembler tout le monde, sauf Camille.

D'ailleurs, tout le monde me regarde, même Camille, et prend part à la moquerie, sauf Camille et sa grand-mère, qui vient à mon secours :

– Ce que tu es drôle, Edmond, quand tu t'y mets. Tu as raison, ce n'est pas une boisson pour un jeune homme, ça. J'ai eu le mauvais goût de lui proposer du porto, il n'aura pas osé refuser. Venez donc là, jeune homme, me dit-elle pendant que le ministre relance la conversation derrière moi. Figurez-vous, poursuit Jacqueline Chalaffre en fronçant le sourcil pour se donner le genre mutin, que le porto, c'est excellent pour ce que j'ai, alors j'en suis obsédée. Il faut vous dire, Jérémy, que je prends du laxatif tous les jours depuis plus de quarante ans.

Elle m'empoigne le bras et me regarde droit dans les yeux, comme pour juger de l'effet produit par la révélation. Quel rapport avec le porto ?

– Tous les jours, répète-t-elle en fermant les yeux. Puis, secouant la tête : Parfois, j'en prends trop, et j'ai la diarrhée !

– La diarrhée ? Mais ça doit vous gêner pour marcher !

– Oh ! dans ces cas-là, je ne marche pas, je cours !

Elle s'apprête à glousser mais, voyant que l'assemblée

nous regarde, elle se dégrise et, sur un ton de petite fille disant sa récitation :

– Alors, Jérémy, qu'est-ce qui vous ferait plaisir ? Whisky ? gin ? pastis ? Suze ? muscat ? Get 27 ?

– Vous feriez un excellent barman, madame, je réponds un peu étourdiment. Et, devant le silence glacial : Non, je veux dire que si j'ai besoin d'une remplaçante au Paradise… Enfin, je…

Je m'embrouille, bafouille, ris tout seul, me demande ce que je fais là, croise le regard de Camille, qui rit avec moi et, d'un coup, je m'entends dire :

– Oh ! non, je sais, du cidre, voilà ce que j'aimerais, madame, si vous en aviez. Un verre de cidre.

– J'y vais ! s'écrie Camille, qui détale.

Le bruit de ses sandales sur les ardoises de la terrasse. Et tous les yeux qui passent d'elle à moi.

– Mais où donc va-t-elle ? Quel tourbillon ! murmure Jacqueline Chalaffre en me tendant un verre de porto que je ne saisis pas, qu'Antoine finit par prendre et par reposer sur la table roulante.

– Elle va à la cuisine, mamie, dit-il.

– Puisque son ami prend des apéritifs de cuisine, ajoute le vieil Edmond. Remarquez, monsieur, vous auriez tout aussi bien pu prendre votre bolée à la cuisine, avec la bonne.

Je regarde le vieux droit dans les yeux.

– Pourquoi pas, monsieur ! Dans les bonnes maisons, la compagnie de cuisine n'est pas désagréable ; dans les mauvaises, elle est meilleure que celle du salon. Dans le premier cas, on n'y perd pas ; dans le second, on y gagne.

Edmond Chalaffre ne répond pas mais, à la manière dont il me regarde, je vois que je ne me suis pas fait un copain.

– Vous avez tout à fait raison, jeune homme, s'écrie la vieille constipée. Tu nous ennuies, Edmond, tu sais ? Nous avons toujours eu des employées très dévouées, gentilles et fidèles. Souviens-toi de Mme Kreder, comme elle était brave. Et de la grande Mme Fano, une si gentille fille, si loyale ! Et Mme Mahéo, quelle adorable personne c'était : si polie, si bien élevée ! Non, vraiment, nous avons été gâtés question serviteurs. Et vous, Jérémy ?

– Jérôme, madame. Moi ? Eh bien, j'espère en être un bon. Merci, Camille !

Camille me tend un verre de cidre et, devant toute sa famille, pose ses lèvres sur mes lèvres. Comme un cachet. Puis, elle se redresse, se retourne et s'écrie :

– Hier, nous sommes allés en Brière, c'était génial ! avec le ton qu'elle aurait pris pour dire qu'elle avait fait l'Everest.

Émoi sur la terrasse.

– Oh ! mon Dieu, Camille ! Il paraît que c'est si dangereux, là-bas ! murmure Jacqueline Chalaffre en portant la main à la joue. Et que les habitants sont si sauv… enfin si bizarres !

Éclat de rire du ministre.

– Pas depuis que mon ami Olivier Guichard (« Oh !

celui-là ! » grogne Souliers tressés) en a fait un parc naturel. Autant dire une réserve. Mais il est vrai qu'autrefois, il y avait des pancartes « Défense de photographier les habitants ». Les Briérons, ce sont nos Indiens.

– Vous n'avez pourtant rien d'un cow-boy, monsieur le ministre.

La réplique de Camille passe comme un vent violent semblant soulever les jupes des dames qui, ensemble, font O-o-o-ohhh ! Mais, sans se troubler, Camille continue :

– Qu'est-ce que vous connaissez de la Brière ? Rien. Vous l'avez survolée en hélicoptère, avec votre ami Olivier Guichard, le préfet Machin et le général Bidule. C'est peut-être comme ça qu'on fait une carrière, mais c'est pas comme ça qu'on connaît un pays. Moi, la Brière, je l'ai faite en chaland, avec Jérôme, ici présent, qui est briéron et n'a rien d'un sauvage, grand-mère.

– Hu ! hu ! hu ! répond, sans me regarder, une Jacqueline Chalaffre écarlate.

Camille continue. La terrasse l'écoute poliment. Camille parle, parle et, peu à peu, tous les regards se tournent vers moi, qui ai rendu si bavarde la jeune fille. Dans leurs regards – même dans celui, chalaffrissime, d'Isabelle –, je sens cette forme si particulière de haine qui s'appelle le mépris. Je n'ai rien à faire ici, parmi eux. Je ne suis pas des leurs et ne dois pas entraîner leur petite chérie se promener en barque dans une contrée réservée aux campeurs et aux autocars. Je n'ai pas l'élégance des Baulois, leur pull sur les épaules, leur aisance, leurs pieds nus dans les mocassins, leur raffinement, leur air de toujours revenir du golf.

Au début de l'été, je faisais attention. Je parlais peu par crainte de laisser passer de ces expressions qui trahissent les gens du peuple, comme « conservez », « pochon », « bourrier », « jaille », « au plaisir », « bonne continuation », « bon courage » ou « bonjour chez vous ». Ici, chez les Chalaffre, sur la vaste terrasse de la grande villa de l'allée Tyzette, je me sens déplacé, mais insoucieux de changer de place ou d'être admis parmi eux.

Dès que Camille a fini, le ministre parle d'un sujet qui préoccupe tout le monde, cet été-là : les prophéties de Nostradamus, selon lesquelles la guerre contre les Russes devrait commencer dans deux ans, en avril.

– C'est tout à fait sérieux, savez-vous ? On s'en préoccupe en haut lieu, je vous assure. Regardez : les communistes sont déjà au pouvoir en France. Et l'attentat contre le pape a bien eu lieu, c'est une preuve, non ?

Le ministre laisse passer le frisson avant de préciser que la guerre devrait durer trois ans et sept mois, avec deux ans d'occupation soviétique en Europe de l'Est.

– Les Américains viendront nous sauver, mais les Russes, conclut-il, détruiront Paris en se repliant.

– Eh bien, dit Mme Chalaffre, je sais ce qu'il me reste à faire : flirter avec mon boucher et inviter tous les dimanches mon épicier à déjeuner.

– Permettez-moi, monsieur le Ministre…

– Appelez-moi René !

– … de ne pas être tout à fait d'accord avec vous. Les Russes ne sont pas des destructeurs. Regardez. Contrairement à nous, ils n'ont détruit aucun monument pendant leur révolution.

– Mon cher Patrice, n'oubliez pas l'incendie de Moscou !

– J'aime tellement la comtesse de Ségur, une méconnue ! dit une dame.

Et la conversation tourne comme un moulin. Camille baisse la tête. Elle a senti qu'on ne l'avait pas écoutée. Le regard qu'elle pose sur moi est celui d'une naufragée pour une bouée. Je vais sauver Camille. Je me fiche de ces gens, de leur apéritif, de leur terrasse et de cette maison. Je n'ai jamais eu de sympathie pour Antoine Chalaffre, ce gommeux qui me prend pour un péquenot. Je n'ai d'attirance que pour Camille, qui traverse toute la terrasse, vient s'asseoir sur mes genoux, m'embrasse dans le cou. « On s'en va. » Se lève et, d'une voix un peu forte :

– Bien, nous vous souhaitons une bonne soirée, et voici ce que Nostradamus n'a pas prévu : je monte dans ma chambre chercher mes affaires. Je ne dors pas là ce soir. Demain non plus. Et peut-être plus jamais. Tu viens, Jérôme ?

Elle me prend si brusquement par la main que, en me levant, je laisse glisser mon verre, qui se brise sur le sol d'ardoises (« Chiasse, mon Lalique ! » fait Jacqueline Chalaffre), mais Camille court tellement vite et me tient si fort que nous voici dans sa chambre sans que j'aie rien vu venir. À peine ai-je distingué un énorme bouquet de roses sur le palier, « C'est pour une poule d'Antoine. Tu viens, on se casse ! »

Mon passage sur la terrasse ravive la résolution de Camille qui, une fois chez moi (elle dit « chez nous »), éclate en sanglots. Elle se sent étrangère aux siens. Elle les aime bien, mais elle étouffe et veut en sortir. Elle sent qu'elle s'éteindra chez eux, « il n'y a pas assez d'amour, tu vois bien ça, Jérôme. Ils n'aiment que le bon goût. Ils ne croient qu'aux places à table. Ils ne supportent pas qu'on vive autrement qu'eux. Si tu n'as pas leurs manières, leurs goûts, leurs horaires, leurs coiffures, leurs fringues, leurs bijoux, leurs plaisanteries et leurs bibelots, ils t'écartent même si tu es des leurs. Tu dois manger, boire, bouger, t'amuser, penser, pisser, baiser comme eux, sinon c'est la porte, la rue, le caniveau, l'hôpital. Tout doit être en ordre, et je ne veux pas de leur ordre. Leur ordre, c'est la mort avant l'heure. Regarde maman, comme elle est devenue. Tu n'as rien à faire là-dedans, crois-moi ! »

Et elle rit. Et elle pleure.

Je suis moins exigeant. Je m'en fous. Je n'ai pas d'imagination. Ce qu'elle dit de sa famille, je pourrais le dire de la mienne. Encore une fois, on a les tyrannies qu'on supporte ; si tu supportes plus, tu te casses ; si tu te casses, tu casses la tyrannie. C'est ce que j'ai fait.

Je ne me vois nulle part, et sûrement pas dans sa famille. C'est l'été, je suis amoureux. Je m'amuse. J'ai oublié ma vie d'avant et ne me soucie pas de ma vie d'après. Hier, c'était la brume et la nuit, les livres de droit sous la lampe et les rues grises de Nantes. Demain, on recommencera. Mais aujourd'hui, un grand soleil blanc glisse dans le bleu du ciel, je suis nu avec Camille sur le sable de Pen Bron.

– Et après ? dit Camille.

– Après, je te l'ai dit, on recommence. C'est le programme de l'été, Camille, ça tient en quelques mots. Écoute-les bien. Ce sont les mots des vacances. Je vais te les murmurer à l'oreille, approche.

L'oreille de Camille est comme un coquillage. Je place mes lèvres tout près et, tout bas, tout doucement, très lentement, je dis :

– Retrouvailles… découvertes… soleil… gourmandises… le fil de l'eau… désinvolture… éclat… yeux qui brillent… lumière… quiétude… ciel bleu… enfance… aimer… coccinelles… cueillette… sortir du port… rencontres… courir sur la plage… les autres… chaise longue… bavarder… aimer… se confier… monoï… se dorer… adorer… adorer se dorer… rêvasser… papillons… aimer… la main dans l'eau… s'étendre… se laisser aller… mousse… ouvrir les huîtres… iode… le grand vent… le petit matin… galoper… aimer… émerveillement… étoiles filantes… liberté… phares… far ! euh… aimer… seau à glace… grignoter… pétiller… faire le marché… soleil sur la peau… robe légère… bicyclette… allure… libellules… aimer… lucioles… le pas d'un cheval… le bruit de la mer… éclaboussures… après l'ondée… brise… jouer au ballon… aimer… chemise ouverte… pas de pull sur les épaules… ne rien faire… hamac… pieds nus… *Le vieux piano de la plage ne joue qu'en fa, qu'en fatigué…* aimer… Hé ! embrasse-moi, merde !

22

On croit Camille calmée, elle est devenue habile. Elle sait que la jeunesse est un esclavage à prendre en patience et que, pour ne pas avoir d'histoires, mieux vaut encore ne pas avoir d'histoire. Ses sentiments dépassent, son comportement est sans reproche : c'est, je suppose, ce qu'on appelle la bonne éducation. Tout le contraire de moi.

À par moi, peut-être, rien ne lui plaît dans sa vie, mais elle dit oui à tout pour avoir la paix. Elle est gentille pour garder ses distances, polie pour qu'on n'ait pas prise sur elle, et s'intéresse à tout le monde pour ne s'attacher à personne. Elle mène sagement l'existence d'une jeune fille de son âge et de son milieu. Sa grand-mère se réjouit : « C'est une vraie jeune fille comme nous étions. » Camille ne dit rien, mais elle sait qu'elle ne sera jamais comme les autres. On la trouve adorable, ce qui ne lui fait aucun plaisir puisqu'elle ne tient à l'estime de personne. Elle les regarde, tous. Elle les aime, et puis elle s'en fiche.

Les seuls garçons que Camille ait fréquentés avant moi étaient les copains de son frère, ceux-là mêmes que j'ai côtoyés à la fac, ou leurs semblables. Coiffés, habillés, parfumés, cirés, glacés : des gravures de mode défilant sur la terrasse de l'allée Tyzette, et que je vois passer, éclater de rire comme des idiots et se jeter un coup d'œil dans chaque miroir.

Il y a encore les copains de son père : d'anciens jeunes hommes, mais pas des hommes. Les mêmes gravures de mode, un peu passées, avec quelques blessures. Blessures ? Même pas, des flétrissures.

Camille les trouve courts, ces bonshommes. Elle sent sur elle leurs nouveaux regards : libidineux. Elle les sent comme les miasmes des anciens gamins qui ne savent pas qu'ils sont morts, mais dont les cadavres puent sans qu'ils s'en doutent. C'est les mêmes gamins, vingt ans plus tard, dans une vie où ils tournent en rond sans arriver à s'étourdir. Ils courent après une jeunesse qu'ils n'ont pas vue passer. Ils n'en regrettent pas les élans perdus, seulement le confort, l'agrément du corps, et les filles comme Camille, désormais hors de portée. Leurs seules indignations sont de se réveiller en loques après une nuit de fête ou de se faire battre au tennis par leurs fils.

Ne voyant autour d'elle que mollesse et abandon, Camille s'est surprise à sentir en moi le gars qui veut faire quelque chose de plus grand et de plus fort que lui. Sinon un aventurier, au moins une aventure. Cela frappe aussi Cécile, la grande copine de Camille. « Il n'est pas mal, celui-là, ça change », lâche-t-elle dans un premier commentaire, comme elle dirait : « Tiens, je vais prendre une glace coco passion, ça change. » Elle pousse Camille, qui n'a pas besoin de ça, à tenter le coup avec moi : « Il est différent des autres, ce gars-là, c'est un costaud, un pur et dur. Il est fait pour aimer. Je veux dire, pas seulement baiser, mais aimer : ça l'intéresse. Et puis, ajoute-t-elle, il remplit bien le t-shirt. Ça, c'est des épaules de mec. On doit se sentir en sécurité, là-dedans. En plus, je suis sûre qu'il a la peau douce ! Bon, enfin moi, je dis ça comme ça, Camille, je m'en fiche : j'ai mon Olive et je le garde. »

Son Olive, son Olivier, son écureuil. Un grand rouquin qui jamais ne se met au soleil et reste à l'aérodrome d'Escoublac, à monter son avion. Olivier rêvait d'être pilote de ligne, ses mauvais yeux l'en ont empêché. Il reste tout l'été dans un hangar, à assembler un Star Duster (un biplace de 250 chevaux) avec lequel il va (dit-il) emmener Cécile à Tanger, une fois qu'il aura fini de monter les 2 429 rivets, pas un de plus, pas un de moins, de son avion. Tout le monde ricane, mais Cécile trouve super qu'un mec passe son été à préparer un bel avion pour la fille qu'il aime.

Je ne me rappelle pas le temps que dura la période qui s'ouvrit alors. Camille est chez moi. Je continue de travailler chez Johnny, tout se passe bien, je connais le métier, la clientèle, les cuisiniers, mon rôle. Je dois plaire et aguicher en gardant mes distances.

Tout cela, je le fais par automatisme. Camille ne vient jamais au Paradise. Elle me manque, mais comment pourrait-elle se percher sur un tabouret du bar, comme faisait Annick, en attendant que j'aie fini de parler à la clientèle ?

Le matin, je la vois galoper parmi les mouettes. L'après-midi, nous faisons la sieste, puis elle rejoint Cécile au Beach, près de l'avenue De Gaulle.

Sa mère est gentille, Johnny l'a rassurée : je ne suis pas un voyou. Un jour, elle me demande si je m'amuse bien avec Camille. Je lui réponds que je ne m'amuse pas avec elle, mais que nous nous amusons ensemble. Elle rit gentiment.

– De toute façon, avec Camille, rien n'est jamais un amusement.

Cette fille est un soleil. Quand elle me sourit, c'est comme si, en une fraction de seconde, elle oubliait tout pour s'offrir tout entière. Elle donne aussi l'impression de tout survoler. Il ne peut rien lui arriver de fâcheux, de minable ou d'ordinaire. Jamais elle ne se trouvera dans une situation ridicule, comme de casser un talon, filer un collant ou perdre une boucle d'oreille. Le lin ne se froisse pas sur elle. Elle est douée pour toutes sortes de choses inutiles et jolies, comme marcher sur les mains, siffler avec les doigts, plonger en arrière, monter une mayonnaise, descendre un escalier de dos, calmer un enfant qui pleure ou un cheval triste. Les chevaux l'adorent : elle les tranquillise, les rassure et les amuse. Avec elle, ils sont calmes, confiants et joyeux, même les chevaux de manège, souvent aussi mélancoliques que des laitues. Camille est douée pour la vie. Elle sait où le pain est bon et qu'on doit faire dégivrer un réfrigérateur. Elle sait cuire les langoustines et choisir des pêches au marché. « Langoustine, c'est un joli nom, dit-elle. Si j'avais une fille, je l'appellerais langoustine. – C'est ça, je réponds, et si c'est des jumelles, tu appelleras l'autre Mayonnaise. » Elle hausse les épaules, se pince les lèvres pour ne pas rire, rit quand même, rougit un peu, vexée de son manque de contrôle, puis le rire l'emporte, « Que tu es bête ! » s'écrie-t-elle. Et elle m'embrasse. Depuis qu'elle s'est installée chez moi, je suis le plus heureux des gars, car rien n'est plus agréable à l'œil et meilleur au cœur que le spectacle d'une fille. Surtout si on l'aime.

On passe aussi pas mal de temps à se dire des choses. Ces premiers jours, ces premières nuits, je m'en souviens comme d'une conversation ininterrompue. Jamais je n'avais parlé avec personne. Jusqu'à présent, je m'étais contenté de répondre à des questions. Mais jamais je n'avais eu – sauf peut-être avec Myriam et Gildas qui, malgré leur gentillesse, me prennent tout de même pour un gamin qui doit tout apprendre – ce qu'on appelle une conversation. Comme on en voyait à la télé dans *Au théâtre ce soir*, le vendredi soir, quand des gens se parlaient sur des canapés en velours, se racontaient leur enfance et ce qu'ils ressentaient les uns pour les autres, tout ça. C'est ce qui se passe avec Camille, et ça me fait tout drôle : l'impression d'être sur un théâtre et de dire des choses intéressantes – au moins pour nous.

Elle veut sept ou quatorze enfants. Beaucoup, en tout cas. Une ribambelle dans une grande maison, à courir dans les couloirs, crier dans le jardin, dessiner dans la cuisine, rire et pleurer dans ses bras, et moi, au bout de la table, en patriarche qui donne de la voix pour rendre les enfants honnêtes, loyaux, droits et passionnés.

Elle veut que nous soyons toujours complices. Qu'entre nous passe quelque chose d'incompréhensible aux autres, d'indestructible et de singulier. Elle aime aussi rester au lit, les bras en croix, à regarder le plafond, « Je voyage dans le futur », dit-elle. Parfois, elle est belle ; parfois, elle est jolie. Belle, elle efface tout ; jolie, elle se glisse dans le décor, et tout s'ordonne autour d'elle, soleil et ombres.

Elle veut que je lui raconte *Béatrix*. Elle se voit dans tous les personnages. Elle dit qu'elle sera une Béatrix réussie : amoureuse sans la galère. Elle trouve Camille phraseuse (« Comme moi ! toutes les Camille sont bavardes ») et sublime quand elle renonce à tout pour rendre Calyste heureux. Elle dit qu'on devrait faire un film de cette histoire, avec Isabelle Adjani dans Camille et Isabelle Huppert dans Béatrix. Elle rit parce que je ne sais pas qui c'est. Je ne vais jamais au cinéma, sauf pour les films de Louis de Funès, tu sais qu'il habite près de Nantes ? Elle aime Alain Delon et Michel Polnareff, mais comme ça, sans plus, sans autographe ni photo dans le cahier de textes. Elle me chante *Le bal des Laze* et ne veut pas être Jane, la fille du château. Souvent, elle se tait, et elle se tait longtemps, « J'ai un silencieux en moi, dit-elle, comme un revolver ». Elle sent le lait, l'herbe fraîche, le nourrisson, la rose thé, la pomme verte, le drap frais, la brise tiède des premiers jours de mai. Elle me fait presque pleurer tellement elle est belle. Elle a fini par me dire que je suis le premier, que je serai le seul. Une évidence pour elle : on se salit au deuxième homme. Elle dit ça, et elle éclate de rire.

– Pourquoi ris-tu, Camille ? Tu te moques de moi ?

– Non, mais si tu voyais ta tête !

Et puis, un jour, sur le pas de la porte, je vois qui ? Le vieil Edmond Chalaffre.

– Excusez-moi, jeune homme, je cherche ma petite-fille, Mlle Camille Chalaffre.

– Elle est au Centre équestre, monsieur.

– Vous la connaissez donc ?

– Oui, monsieur.

– Vit-elle chez vous ?

23

Je réponds par une blague qui fait grimacer le vieux Chalaffre. Puis, il marche vers l'ascenseur, s'arrête, revient et se plante devant moi, se cambre, presque, comme pour me signifier que, bien qu'il ait une tête de moins, il me regarde de haut.

– J'ai entendu parler de vous, jeune homme. Il me semble d'ailleurs que vous êtes venu chez moi, l'autre jour. Mais il y passe tellement de gens que je ne me rappelle plus, voyons. Ah ! si, vous avez cassé un verre, ma femme ne s'en est pas remise. Vous êtes un ami de mon petit-fils Antoine, n'est-ce pas ? Ce qui, d'ailleurs, ne veut rien dire : Antoine n'est pas regardant sur ses amis. Vous êtes étudiant en droit, vous travaillez dans un bar de plage et vous avez du succès auprès des femmes. Voyez, je suis bien renseigné. Remarquez, reprend-il sur le ton causeur de salon coude sur la cheminée, il y a bien longtemps que je ne descends plus sur la plage. Sauf parfois en hiver, lors des tempêtes. Nous avons des tempêtes merveilleuses en février, vous savez ? Autrefois, j'allais y faire courir mes chiens. Il m'arrive aujourd'hui d'y faire marcher ma femme. Mais, vraiment, l'été, il y a trop de monde. Ce n'est plus l'Atlantique, c'est le Gange.

Il se tait un instant, comme pour souligner son effet. Ça doit être une blague, je suppose. Un de ces mots qu'il répète à longueur d'apéritifs sur sa terrasse, pour faire glousser les buveuses de porto, oh ! Edmond ! vous êtes impayable. Mais moi, je ne ris pas.

– Humph ! Bon ! Comme je vous le disais, j'ai entendu parler de vos talents. Vous avez du caractère, me dit-on. Vous ne manquez pas de tenue. Un peu guindé, peut-être, mais on est raide, à votre âge. Il vous manque un petit quelque chose pour bien vous exprimer. Ce quelque chose, je l'ai, et j'aimerais vous en parler. Puis-je vous voir discrètement dans un endroit civilisé ? Il n'y en a pas beaucoup, ici, en cette saison. Mais que diriez-vous du bar de l'Hermitage ? À 11 heures demain, ça vous va ?

Comme je l'imagine, l'Hermitage est un palace plein de messieurs en smoking et montre en or, de dames en robe à traîne et diadème, de maharadjah montés sur des éléphants blancs clignotant de pierreries, de duchesses marchant sur des tapis rouges déroulés devant, roulés derrière, par des négrillons en turbans de soie gros comme des coussins et plantés d'une plume d'autruche avec agrafe de diamant. Sûrement qu'un gars comme moi, se présentant à l'entrée, sera envoyé directement en cuisine ou à nettoyer la piscine. Voilà pourquoi je suis bien étonné, quand je passe la porte à tambour, de trouver dans le hall hommes en short, femmes en peignoir et enfants en maillot de bain courant vers la piscine, loin de laquelle se tient, près d'un piano, le vieux Chalaffre.

Il bavarde avec le pianiste, le fameux Jo Biskup, un gars de Couëron qui a accompagné Joséphine Baker, Shirley Bassey, Jean Sablon, Jacques Brel et tout, un vrai crack. Il paraît qu'il connaît par cœur cinq mille airs, alors évidemment, ça m'épate et j'aimerais bien discuter le bout de gras avec lui plutôt qu'avec le vieux, mais c'est pas le moment, on dirait. Le vieux, du plus loin qu'il me voit, quitte le pianiste sans lui dire au revoir, va s'asseoir au fond de la salle en faisant signe au barman de lui apporter le cognac qu'il a laissé exprès (il aurait pu le prendre lui-même, bien sûr, mais ça ne se fait pas dans les endroits élégants) sur le piano. Il m'a vu, je le sais. S'il a pensé m'intimider, il a tapé juste. D'un coup d'œil, je repère une cliente du Paradise, qui fronce le sourcil, ce qui me glace. Je serre les fesses et je fonce, longeant le bar, non sans un regard vers le mur de bouteilles, qui lancent dans la pénombre de lentes lueurs d'or, d'émeraudes, de saphirs et de rubis. Comme des phares qui tournent dans la nuit. Moi, c'est ma tête qui tourne, et je ne sais pas comment j'arrive auprès du vieux Chalaffre qui, sans se lever pour m'accueillir ni me tendre la main, me fait signe de m'asseoir et, le nez dans son verre, garde le silence.

Pour me donner une contenance, je prends la carte des consommations. Au Paradise, il m'arrive de recevoir des représentants en vins et spiritueux. On goûte, avec Johnny. Ça m'a fait m'intéresser. Je commence à m'y connaître en cocktails. J'en ai même créé un, le Camille : gin, jus d'ananas, jus de pamplemousse, un trait de liqueur de fraise, un trait de liqueur de banane. Le tout au shaker glacé. C'est un long drink à servir en apéritif. Pour faire rigoler les gars en cuisine, Johnny a traduit ma recette en termes salaces. Elle est pourtant très bonne, mais il faut mettre très très peu de liqueur de banane. La liqueur de banane, c'est très fort et ça a un goût de pharmacie.

Mais je n'ai pas le temps de me demander à quoi je vais goûter qu'un garçon m'apporte un verre de cidre.

– C'est ce que vous buvez, je crois ? dit le vieux Chalaffre.

Il y a des gens que ça détend de dire des saloperies. Du coup, le voici tout joyeux :

– Eh bien, connaissez-vous cet endroit, Jérémy ? On est bien, ici, vous ne trouvez pas ? Mieux que chez soi, plus tranquille. Cette manie qu'ont les gens de recevoir ! D'avoir une maison accueillante ! De tenir table ouverte, qu'est-ce que c'est pénible ! Et pour se dire quoi ? Vous les trouvez intéressants, vous, les gens ? Moi, non. Dans la plupart des cas, je les trouve assommants. Ils ne disent que des banalités. On ne parle que pour se cacher la vérité.

Il boit un coup. Une rasade telle qu'il est obligé d'expirer bruyamment et, si on avait mis une allumette enflammée, ça aurait fait une flamme comme un dragon. Il tousse. Le barman lui apporte un verre d'eau, il dit Merci, Gilbert !, puis il se calme. Moi, je rigole en douce.

– Voyez-vous, poursuit-il, je ne supporte pas les gens qu'on ne connaît pas et qui se permettent de débarquer à l'improviste. Je parle en général, bien sûr. C'est vrai, ça ! Ils pensent toujours qu'on sera content de les voir et d'écouter leurs âneries. Moi, non. Certes, je suis capable de jouer les crétins de salon et de me comporter en homme du monde, mais je suis surtout heureux de les voir repartir, pas vous ? Oh, pardon, je vous parle de mondanités ! Où ai-je la tête ? Enfin, tout ça pour vous dire que, pour être tranquille, je viens ici, où je n'ai à parler à personne. Sauf à ce bon Jo, bien sûr.

Du menton, il désigne le pianiste qui mouline des trucs pas mal, mais que je ne connais pas. Puis, vers moi :

– Vous ne buvez pas ?

– Non.

Je n'ai pas touché au verre. Le vieux a un petit sourire dédaigneux. Puis :

– Vous n'aimez plus le cidre ?

– Je n'en bois qu'avec mes amis.

Et vlan ! C'est une réplique que j'ai entendue dans un film, où Peter Ustinov propose à un jeune gars un verre que le gars refuse. « Un Kean qui ne boit pas ! » s'étonne Peter Ustinov de sa voix de Pollux. Et le gars répond : « Un Kean ne boit qu'avec ses amis. » J'avais trouvé ça hyper bien balancé. Je devrais aller plus souvent au cinéma. Tête du vieux. On dirait vraiment que je lui ai flanqué une gifle.

Il prend une grande inspiration, et voici la tirade :

– Vous avez un flair de braconnier, mon petit gars. Pas étonnant, vous chassez de race. Vous êtes briéron, n'est-ce pas ? Je déteste les Briérons, sachez-le. Ils m'ont toujours empoisonné la vie. Surtout lorsque j'étais aux Chantiers. Ils se prennent pour les rois du monde, ce ne sont que des culs-terreux, des bouseux, des vaseux, des têtes brûlées, des fainéants, des discutailleurs. Parfaitement. Ils ne sont rien, ils râlent, ils critiquent et ils vous pissent dessus en vous faisant croire qu'ils vous lavent. Je sais ce que je dis. Guichard a fait un parc régional de la Brière. Il aurait mieux fait d'en faire une réserve. Du grillage autour de la Brière, avec autorisation de photographier les habitants. Et qu'ils restent entre eux, puisqu'ils sont si fiers d'eux. Les Vince, les Aoustin, les Mahé, les Moyon. Qu'on en fasse des ducs et pairs, qu'ils se marient entre eux, se gâtent le sang (le cerveau, c'est déjà fait ; le cœur, ils n'en ont pas) et crèvent dans leur vasière. Voilà ce que je pense des Briérons. Autant que vous le sachiez. Mais les plus dangereux, les ennemis, c'est encore les types comme vous, qui se croient plus forts que le reste du troupeau, veulent en sortir et se mêler aux autres. Nous n'avons pas besoin de vous. Nous devons même nous protéger contre vous. Je vois clair dans votre jeu, mon petit jeune homme. Les gars comme vous, je les flaire à cent pas. Moi aussi, j'ai du nez. D'abord, vous venez à Nantes pour vous mêler à nous. Vous faites la cour à mon petit-fils Antoine – un brave garçon un peu mou, pas méchant, pas malin : tout le portrait de son père. Puis, vous roulez des mécaniques et jouez le joli cœur derrière votre bar, chez Johnny le maquereau. Qu'est-ce que vous espérez ? Mettre ma belle-fille Isabelle dans votre lit ? Vous êtes trop vieux pour jouer *Le Blé en herbe*, et pour *L'Amant de lady Chatterley*, c'est raté : ma bru n'a rien d'une lady. D'ailleurs, La Baule compte en cette saison assez de nymphomanes gourmandes de chair fraîche, et vous avez trouvé ce que vous cherchiez : Annick. Votre lady Roehampton, votre duchesse de Maufrigneuse, votre Gloria Lasso. Mauvaise pioche, Annick est volage, et Isabelle n'a que l'argent de son mari. C'est-à-dire le mien. Donc, vous avez laissé tomber. Dommage. Une liaison d'Isabelle avec vous nous aurait permis de nous débarrasser de cette bonniche alcoolique. Un divorce pour faute, et elle serait retournée couper le jambon chez son père. Mais vous avez commis un crime que je ne peux pas tolérer. Vous avez dépassé les bornes, et je suis obligé d'intervenir, moi, en plein cœur de l'été, pour protéger les miens. Vous vous êtes attaqué à ma chère petite Camille. Camille, mon soleil, mon ange, mon bébé. Camille est une jeune fille, et vous l'avez touchée en plein cœur. Et, plus grave peut-être, en plein ventre. Comment avez-vous fait ? Peu importe. Les jeunes filles sont souvent fragiles, nous n'avons pas été assez attentifs et, vraiment, il y a des choses que je préfère ne pas savoir. Résultat : Camille va souffrir à cause de vous, et je ne peux l'accepter. Camille n'a rien à faire avec un sauteur. Je ne vous reproche pas d'être un sauteur. Je ne vous reproche rien. Je me reproche de n'avoir pas été vigilant et je ne veux pas que ma petite-fille souffre à cause de vous. Or, je sais ce que vous cherchez. Et, ce que vous cherchez, je vous l'apporte.

Il marque un temps. Je ne sais pas quoi dire, alors je me tais. J'ai très soif, d'un coup, mais je préférerais crever que tremper mes lèvres dans son cidre. Dans le regard qu'il pose sur moi, je sens une sorte de mépris las, du style « pourquoi je me donne du mal pour lui ? » On sent un maréchal de France venu régler une bagarre de caserne entre bleubites.

– Ce que vous cherchez, c'est de l'argent. Vous en avez besoin pour vos études. Pourquoi travaillez-vous chez Johnny ? Pour l'argent.

Il pose une enveloppe sur la table.

– Donc, si vous êtes intelligent, voilà ce que vous allez faire. Vous buvez votre cidre, vous prenez l'enveloppe, vous allez mettre l'argent sur votre livret A – vous pouvez compter : le double de ce que vous donnera Johnny –, vous remontez dans votre Peugeot 104 immatriculée 1173 RK 44 – voyez : mes renseignements sont bons, je sais où frapper en cas de danger –, et vous quittez La Baule sans chercher à revoir ma petite-fille.

24

L'enveloppe est là, sur la table. Si le vieux dit vrai, j'ai de quoi tenir six mois. Quand même, c'est tentant. Rien ne m'empêche de dire oui et de n'en faire qu'à ma tête. Sauf que Camille l'apprendra. Sauf que Camille est mineure, c'est-à-dire esclave. Edmond Chalaffre me regarde. Je le vois qui tape du pied sous la table. Il n'a plus ses souliers tressés, mais des mocassins à bride. Très chic, mais nerveux, le vieux. Il a hâte d'en finir et que je dégage. Son marché, il me l'a mis en main calmement, très élégamment assis dans un très élégant fauteuil. Buvant un très élégant cognac en écoutant un air très élégant très élégamment joué par le très élégant Jo. Toute cette élégance pour une ordure.

Pendant un court instant, néanmoins, je ne comprends pas ce qu'il me dit. Puis, j'ai l'impression de revivre cette scène d'autrefois, où j'ai été obligé de cogner le gros porc contre sa Mercedes. La sensation d'être seul dans une situation injuste que je suis le seul à pouvoir régler. Une seconde après avoir été comme sonné, j'oublie où je suis. J'oublie le grand hôtel bruissant d'élégantes personnes, l'air de piano et le tintement des verres de cristal sur les plateaux d'argent. Ce n'est plus l'Hermitage, c'est le Far West. Il n'y a que deux hommes face à face : un vieux qui m'a fait une proposition indécente, et moi qui, après avoir esquivé, vais attaquer.

Et j'attaque, en effet. C'est-à-dire je discute. Pourquoi quitterais-je La Baule ? Et Johnny, qui a besoin de moi ? Il n'y a aucune raison, je dis, mêlez-vous de ce qui vous regarde ! Qu'est-ce que je vous ai fait ?

Au tour du vieux d'être sonné. Il se redresse. Il se trouve déjà bien généreux de me proposer tant d'argent.

– C'est ce que vous voulez, non ? Je vous donne en un jour ce que vous gagnez en deux mois chez Johnny. C'est une bonne affaire, je pense. Vous voulez plus, peut-être ? D'accord, négocions.

Je hausse les épaules.

– Négocier quoi ? Je ne demande rien à personne, et surtout pas à vous.

– Eh bien moi, je vous demande de rester à l'écart de ma famille.

– Je me fous de votre famille ! Mme Chalaffre est une cliente du Paradise. Antoine ? Je le vois à la fac, mais on n'est pas spécialement copains. Il a sa bande, et moi…

– Et vous la vôtre, peut-être ?

– Et moi, je vais de mon côté. Je fais ce qui me plaît et je ne force personne à me fréquenter.

– Même pas Camille ?

– Surtout pas Camille ! Vous savez très bien qu'on ne force pas Camille à faire ce qu'elle n'a pas envie de faire.

– Je veux que vous la laissiez tranquille.

– Elle est libre.

– Elle est mineure.

– Elle a des parents.

– Laissez-moi m'occuper de ça. C'est mon affaire. Je suis le chef de famille. Je vous vois vous insinuer parmi les miens, comme un serpent. Et je vous dis simplement : arrêtez de tourner autour de ma famille. On ne veut pas de vous ici. Vous avez une famille. Restez-y et servez-la. Votre sort ne vous paraît pas enviable ? Améliorez-le par le travail et par l'épargne. C'est votre destin. La fortune d'une famille se construit sur plusieurs générations. Mon père était plus riche que mon grand-père, et moi, je suis plus riche que mon père et mon grand-père réunis !

– Mais ça va se gâter, là, non ?

– Ne vous mêlez pas de ça. Ça n'est pas votre affaire. Bon, écoutez, je suis patient, j'essaie de me mettre à votre place, vous avez vos raisons. Et, reconnaissez-le, je vous respecte : je vous hisse jusqu'à moi. Je vous parle comme à un égal. Je vous parle d'homme à homme, ce qui n'a pas dû vous arriver souvent. Je me suis mis à votre place, essayez de vous mettre à la mienne. Vous êtes de trop, et mon devoir est de protéger les miens de gens comme vous.

« De gens comme vous », l'expression m'a mis le feu aux joues, et je hurle :

– Je ne suis comme personne ! Je ne vous demande rien, et je mène ma vie comme je l'entends.

On voit le genre : le ton noble et indigné. Je ne m'arrête pas là, je galope sans reprendre mon souffle ni lui laisser en placer une :

– Je suis un homme comme vous, monsieur Chalaffre, et vous êtes un homme comme moi. Sauf que j'ai dix-neuf ans et que je n'ai encore rien fait. Vous, vous en avez cent vingt, vous êtes en fin de course, à bout de souffle, et le peu d'énergie qui vous reste, vous l'utilisez pour emmerder vos cadets. À votre guise. Je ne sais pas ce que vous étiez à mon âge, ni ce que je serai au vôtre. Mais sachez que je n'ai aucun complexe vis-à-vis de vous, ni de votre famille. Et que j'en ai rien à foutre des Chalaffre, de votre villa à la con, de vos apéritifs, de vos ministres, de vos grands airs et de vos souliers tressés. Vous ne m'impressionnez pas ! Je ne vous admire pas ! Je ne vous envie pas ! Mais je ne vous en veux pas. En fait, vous ne m'intéressez pas et, pour tout dire, vous m'ennuyez un peu et votre compagnie est nulle.

Ayant dit cela, je me lève, lui tourne le dos et pars, fier comme un bar-tabac.

25

Pendant ce temps, son père et son frère sont venus attendre Camille au Centre équestre, à son retour de promenade. Elle a monté Beau Seigneur, un cheval gris pommelé comme un ciel breton. Un grand cheval joyeux, ardent, toujours heureux de partir, et qui, dès qu'on ouvre la porte de son box, marche déjà d'un bon pas vers le manège, jetant juste un regard étonné de n'être pas encore sellé et bridé, « sellé et poivré », comme je disais. Sur la plage, ses épaules puissantes semblent refouler le vent. Camille verrouille les poignets pour le retenir et, peu à peu, les desserre, les ouvre, et Beau Seigneur file, heureux, léger, et Camille chante « Ah ! que la vie est douce ! dou-ce ! »

– Camille, descends immédiatement, il est arrivé quelque chose de très grave !

À peine la promenade est-elle rentrée dans l'avenue de Rosières, entre les tennis et le Centre, que son père est là, sautillant à côté d'elle. Beau Seigneur ne le regarde même pas, Camille à peine.

– Oh ! vraiment, dit-elle. Et rien qui puisse attendre que j'aie rentré et dessellé mon cheval ?

Pression des mollets, Beau Seigneur part au trot, non sans lâcher un flot de crottin dans lequel Patrice Chalaffre, hé merde !, se prend les pieds. Antoine attend sa sœur au box.

– Ton Jérôme a cassé la gueule à grand-père !

Camille ne cille pas.

– Oh, vraiment, c'est ça le truc grave ? Quelle bonne idée il a eue ! Tout ce que tu as toujours rêvé de faire sans en avoir jamais eu le courage. Pas de doute : il y a les mecs qui en ont, et les autres. Laisse-moi rentrer mon cheval, maintenant. Et attention : il botte. On se retrouve au Club-House.

Là, Camille doit en rabattre.

– La récréation est terminée, ma petite, lui dit son père. Tu t'es bien amusée, c'est fini. Tu as joué à la dame, tu as seize ans, tu rentres à la maison et tu n'en bouges plus. Consignée dans ta chambre jusqu'à nouvel ordre.

Elle aurait voulu avoir répondu quelque fière insolence, du genre « Tu ne m'envoies pas au couvent ? », ou bien : « Tiens, tu as de l'autorité, maintenant ? », mais elle ne réussit à ouvrir la bouche que pour éclater en sanglots, ce qu'elle passera l'après-midi à se reprocher.

26

Il faut que je la retrouve. En allant à l'aérodrome d'Escoublac, je passe devant chez les Chalaffre : tout est fermé, même les volets. La chambre de Camille donne sur l'arrière, mais je n'ose pas descendre de voiture, et ces gens-là, c'est bien le genre à avoir des caméras pour surveiller la maison. À l'aérodrome, Olivier est toujours dans son avion. Comme il est aussi renfrogné que d'habitude, ce n'est pas facile de savoir s'il me fait la gueule ou pas, mais, visiblement, il a hâte que je parte retrouver Cécile au Beach. Cécile, la grande amie de Camille. Elle m'aime bien. Dès qu'elle me voit, d'habitude, je ne sais pas pourquoi, elle éclate de rire. Elle est de ces filles, un peu fatigantes, qui rigolent tout le temps, de ces filles potes de chambrée.

Mais là, elle se chiffonne. Elle boit en bikini un milk-shake sous un parasol. C'est très démodé, cet été-là, les bikinis. Toutes les filles portent des maillots une pièce qu'elles roulent sur les hanches quand elles sortent de l'eau. C'est l'été où les filles commencent à montrer leurs seins. J'aimais pas trop ça. Camille ne le faisait pas, d'ailleurs.

J'avance vers Cécile, qui fait la gueule sous son parasol. Elle est entourée de trois connards à mèche qu'avec Camille on a surnommés Sucette, Branlette et Pipette. Dès qu'ils me voient, les minets décampent. Cécile regarde une guêpe qui tournoie autour des traces de coca laissées sur la table. Quand les mecs s'éloignent, ses yeux zigzaguent, du genre « Hé ! m'abandonnez pas, les gars ». Puis, elle me fixe comme si j'étais une serpillière pleine de vomi. Moi :

– Bonjour, je cherche Camille.

– Qu'est-ce que tu lui veux ?

– Lui parler.

– Tu crois pas que t'en as assez fait comme ça ?

– Qu'est-ce que j'ai fait ?

Elle soupire, lève les yeux au ciel, balaie le sable de ses pieds, jette la tête en arrière, secoue les cheveux. Le genre exaspéré. Elle a des traces de sel sur la peau. Elle qui ne se baigne jamais. Les minets ont dû la traîner sur le sable pour la jeter à l'eau, j'entends ses cris d'ici. Un balèze s'avance.

– Hé, toi, c'est un club privé, ici !

Le patron, que les minets sont allés prévenir. Un gros connard copain de Johnny, à qui j'ai dû servir cent cinquante pastis depuis un mois, sans qu'il daigne me jeter un regard. Et il payait pas, en plus de ça.

– Club privé ? Club privé ? Privé de quoi ? je lui fais. De clients ?

Et, dans mon dos, je l'entends qui crie :

– C'est ça, dégage !

Puis, plus bas :

– Ça va, Cécile ? Qu'est-ce qu'il voulait ?

– Rien, c'est bon, laisse tomber, je t'ai rien demandé.

Je me dis que je vais attendre la nuit pour rendre visite à Camille. Je me vois, dans l'ombre, me faufilant d'une branche au mur, du mur au toit. Je retiens mon souffle. J'entends les rires dans les jardins, des verres qui tintent, des voitures qui roulent, des enfants qui jouent au ballon. Je me coule sur la terrasse, me hisse jusqu'à la chambre. Pendant trente secondes, je m'y vois. Puis, je m'arrête. Me coulant, me hissant, pourquoi ? Ma tête si je me trompe de maison. Ou de chambre. Ou si Camille n'est pas là. Ou si elle n'est pas seule.

Tout cela m'a épuisé, je rentre chez moi et me couche à 20 heures. Sous l'oreiller, je trouve un mot : « Je t'aime, attends-moi, Cam. » Je sens le parfum de Camille. Le parfum que je lui ai offert, Chamade. C'est idiot à dire, mais je suis heureux. Parce que j'ai fait ce que j'avais à faire et que Camille m'aime. Je dors. En pleine nuit, on cogne à la porte. Camille ? Par l'œilleton, je vois Antoine Chalaffre, encadré de Sucette et de Branlette. Très énervés. Petits cons. Ils sonnent longtemps, je n'ouvre pas. Ils frappent, m'insultent : On sait que tu es là, connard, on aura ta peau. Le lendemain, sur le parking de La Bretonnière, je trouve ma voiture les quatre pneus crevés.

27

Camille sèche très vite ses larmes. Tout l'après-midi, dans sa chambre, défilent son père, sa mère, sa grand-mère, son frère. Pendant ce temps, le vieil Edmond garde le lit.

Camille me dira plus tard que, pendant toutes ces journées où nous avons été séparés, pas une minute, pas une seconde elle n'a douté de moi ni que nous nous retrouverions. Elle voit, dans la réaction de sa famille, comme l'application du théorème de *Béatrix*, selon lequel l'amour qui nous lie est insupportable à cette petite société qu'est le clan Chalaffre. Tout cela n'a aucune importance, il faut attendre. Camille est tranquille. Elle cherche juste un moyen pour débloquer la situation. En attendant, elle se tait. C'est en vain que son père (« Camille, une dernière fois, je t'ordonne, tu m'entends, je t'ordonne de tout me dire »), que sa mère (« Voyons, ma chérie, tu n'as jamais eu de secrets pour moi. On est comme des sœurs, toi et moi, n'est-ce pas ? Alors, tu me racontes, je te raconte ! »), que sa grand-mère (« Écoute, Camille, des choses pas jolies jolies, j'en ai entendu des tas dans ma vie. N'oublie pas que j'ai mon diplôme de secouriste, alors je ne crains rien, tu peux y aller !... Je t'écoute, Camille ! »), que son frère (« Allez, Cam, je t'ai tout dit pour tout dans ma vie, même quand je sautais les copines de maman pour du fric. Tu sais que tu peux me faire confiance... »). Tous, à tour de rôle, tonnent, supplient, menacent et cajolent, mais elle ne dit rien parce qu'elle ne sait pas ce qu'ils veulent entendre.

Ce à quoi Camille pense, cet après-midi-là, je ne le saurai jamais, et peu importe. Le soir, elle ne descend pas dîner. Moïsette lui monte un plateau qu'elle laisse intact. Elle ne boude pas, reçoit tout le monde, écoute, sourit, se tait. En elle s'est forgée, pendant ces heures de silence, la résolution de ne jamais plus dépendre de personne, et de toujours vivre des amours intenses, qui ne descendront jamais au niveau du vulgaire, de tous ces gens qui la harcèlent, mais pourquoi ? Que lui veulent-ils ?

Au rez-de-chaussée, l'ambiance est plus animée. Isabelle, passée dans l'après-midi chez son amie Mercedes, y a vu le bouquet de roses envoyé par Antoine. En rentrant, sans rien lui dire, elle gifle son fils, « Petit gigolo, va ! ». La stupeur passée, Antoine se précipite chez Camille (« Ce n'est pas toi qui m'as trahi, je le sais. Qui, alors ? »), redescend, file chez Mercedes, qu'il surprend au lit avec une dame, « Viens jouer avec nous, Antoine ! » Mais Antoine n'a pas le cœur à jouer, il cherche sa piste et pense la trouver : le seul à avoir pu parler, évidemment, c'est moi. Voilà pourquoi il débarque dans la nuit à La Bretonnière pour me casser la gueule.

Vers minuit, Camille descend au salon, où elle trouve tout le monde à soupirer. Elle a son plan pour s'évader et me retrouver. Un plan très simple. D'une voix lugubre, elle demande à parler à son grand-père. Aussitôt, le rose revient aux joues de sa grand-mère, qui monte voir et reparaît aussitôt.

– Il t'attend, mon enfant. Ton grand-père est très heureux que tu acceptes de lui faire des excuses et de lui demander pardon pour ta conduite inqualifiable. Vas-y. Mais parle doucement, il est encore très faible. Et ne reste pas longtemps, il vient de prendre ses cachets pour dormir.

– Ne vous en faites pas, grand-mère, dit, d'une voix douce, Camille qui, en montant l'escalier, l'entend dire : « Eh bien, vous voyez, avec les jeunes d'aujourd'hui, il suffit d'agir comme avec les jeunes d'autrefois. Un peu de fermeté, et le tour est joué. Allons, Patrice, ta fille n'est pas perdue. C'est une vraie jeune fille comme nous étions. »

Camille pousse la porte de la chambre de son grand-père. Ça sent le camphre, la tisane et le drap mal lavé. Allongé les draps au menton, les bras étendus sur les couvertures, le vieil Edmond Chalaffre a le souffle rauque. Camille connaît ce souffle : le grand-père fait semblant de dormir. Elle s'approche du lit. La table de nuit est pleine de médicaments. Il y a un flacon de sirop sédatif, dont le malade vient d'avaler une dose. Malade, mon cul ! se dit Camille, qui prend doucement la main de son grand-père et la caresse. Le vieux Chalaffre a un faible sourire et, tout de suite, se détend.

– Grand-père, c'est moi, c'est Camille, murmure-t-elle. Est-ce que vous m'entendez ?

28

Dix jours avant ces événements, la Brière s'est rappelée à mon bon souvenir.

Fin juillet, en effet, je vois entrer Gildas au Paradise. J'ai comme un mouvement de recul. Mon vieux pote Gildas, grâce à qui Johnny m'a embauché un mois plus tôt, me semble parfaitement déplacé dans cet endroit si élégant.

– On compte sur toi le 15, Jérôme, me dit-il.

Je baisse la tête.

– Je ne sais pas si je pourrai.

– Mais si, tu pourras, c'est vu depuis le début avec Johnny. Pas vrai, Johnny ?

– Bien sûr, mon cœur, on s'arrangera. On viendra même te soutenir.

Je relève la tête.

– Écoute, Gildas, c'est gentil, mais je ne sais pas si j'en ai très envie, franchement, cette année. Ces trucs-là, c'est bien quand on est gosse, c'est marrant, et puis ça fait une distraction : on s'emmerde tellement, l'été, en Brière.

Mais c'est fini, tout ça, pour moi, maintenant, j'ai fait mon temps, je pense. Trouvez-en d'autres, chacun son tour, je fais ça depuis dix ans, j'ai envie d'autre chose.

– Ben tu vois, Jérôme, moi, à trente-cinq ans, je continue. Tu ne serais pas devenu un peu snob, toi ? Un peu… baulois ?

Bref, Gildas me fait le coup du ne nous laisse pas tomber. À quoi je réponds que c'est la Brière et ma famille qui m'ont laissé tomber, et que j'ai bien envie de les envoyer se faire foutre.

– OK, fait Gildas, alors ne me laisse pas tomber, moi.

Là, je suis coincé. Et, poussé par Johnny, qui n'a pas du tout apprécié ma querelle avec le vieux Chalaffre et m'a presque fichu à la porte, je me retrouve vite à Trignac, à tenir un banc d'huîtres chez Gildas et Myriam.

29

En quelques jours, j'ai oublié La Baule. Je suis parmi les miens, comme si je ne les avais jamais quittés. Nous préparons la fête du 15 août, fauchons les champs, formons les équipes. Je retrouve la Brière, son vent, ses herbes folles, sa liberté, le vert, l'or et le bronze, le brun et le bleu du ciel dans les canaux. À La Baule, les couleurs de l'été sont le rose des ballons de celluloïd et l'ocre des peaux. Ça me fait plaisir, et tout drôle. Je me dis que le vieux Chalaffre n'a pas tort : on n'est bien que parmi les siens. Sauf que je ne suis pas snob. Leur famille, leur maison, leurs rites, leur milieu, je m'en fous. Je n'ai pas envie de quitter une prison pour une autre. Je suis libre, puisque tout ce que je possède tient dans ma voiture. Trois jeans, dix t-shirts, trois pulls, deux blousons. *Béatrix.*

Et Camille ?

30

La veille du 15 août, sur la plage de La Baule, Johnny voit Patrice faire son footing. Il ne le trouve pas très fringant. Il se traîne et il parle tout seul. Il a l'air très agité. Quand il passe devant le Paradise, il accélère pour crâner un peu, mais Johnny, qui installe matelas et parasols, court vers lui.

– Oh ! Patrice !

Patrice s'arrête.

– Eh ben, souffle-t-il en essayant de sourire, c'est toi, le grand patron, de si bon matin, qui fais un travail de garçon plagiste. C'est pas à l'Hermitage qu'on verrait Lulu Barrière installer les transats.

– J'ai des problèmes de personnel. J'ai été obligé de virer un gars.

– Je sais, oui. Le salaud qui a insulté mon père.

– C'est ce qu'on dit, oui.

– C'est chic de ta part, Johnny. Je voulais te remercier.

– Il n'y a pas de quoi, mon vieux. C'était par intérêt

bien compris. Je veux la paix chez moi, c'est tout. Tu bois quelque chose ?

– Si tu m'invites, oui

– Je t'invite. J'ai même chez moi quelqu'un qui aimerait te rencontrer. Et qui a quelque chose à te proposer.

31

Le soir, grande réception sur la terrasse Chalaffre. C'est cocktail. D'excellente humeur, Patrice jubile, fait des agaceries aux dames, donne des bourrades aux messieurs, tance les jeunes, joue au charmant devant sa mère enchantée.

– J'aime bien le voir comme ça, sourit-elle, ça me rappelle quand il était jeune. Et moi aussi.

La joie de Patrice, c'est sa supériorité retrouvée.

– Vous ne devinerez jamais qui j'ai vu ce matin chez Johnny. Le petit Emmanuel, vous savez, maman, celui à qui vous donniez les vêtements de grand-papa, autrefois, parce qu'il n'avait rien à se mettre et que vous aviez honte de le voir fagoté à vos réceptions ?

– Vous avez fait ça, Jackie ?

– Il faut bien rendre service, minaude-t-elle.

– Ah non, ça, chapeau. Tiens, ça me donne une idée. Je dois bien avoir dans mon grenier de vieux trucs de mes frères. Ou de mes oncles. Il faudrait que je regarde ça. Comme on dit, le prix s'oublie, la qualité reste. Les vêtements d'hommes, ça ne se démode jamais. Ça pourra bien aller à quelques démunis. Maintenant que les communistes sont au pouvoir, il va falloir s'habituer. Vous avez toujours été en avance, Jackie, bravo !

– Sauf pour servir à boire, ajoute Patrice, dans le genre taquin.

Jacqueline Chalaffre, piquée :

– Je ne sais pas ce que fait Moïsette. Camille, tu veux bien aller voir, s'il te plaît, tu seras mignonne ?

Ce jour-là, les Chalaffre reçoivent un peintre, un couple de producteurs de télévision et un ancien animateur de l'ORTF, qui veut leur jouer de l'harmonica. Jacqueline Chalaffre louche un peu sur son costume jaune citron et sa chemise de dentelle noire.

Quand le vieil Edmond paraît sur la terrasse, il a une telle peur de lui qu'il se replie aussitôt vers la cuisine.

– Qu'est-ce que c'est que cet homme en costume jaune citron et chemise noire, Moïsette ? Un représentant en pastis ?

– Non, monsieur Edmond, c'est un joueur d'harmonica.

Le ton de Moïsette est pénétré de respect, mais Edmond Chalaffre remonte prudemment l'escalier et se dirige vers les cabinets. De là, on peut voir sans être vu, et Chalaffre le vieux regarde sa terrasse, les invités de sa femme, ce type en costume jaune. En chemin, il croise Camille, à qui il chuchote :

– Méfie-toi, ta grand-mère reçoit un représentant en pastis. C'est pas une heure pour les fournisseurs, ça.

Il devrait passer par l'entrée de service. Qu'on le conduise à la cuisine et qu'il fasse la cour à Moïsette.

– Grand-père, c'est une vedette de la télévision !

– Raison de plus. Une vedette de la télévision, c'est un fournisseur. Comme les chanteurs, les comédiens, les peintres, les écrivains : entrée de service.

Mais revenons à Patrice.

– Figurez-vous que ce matin, j'ai rencontré Emmanuel chez Johnny, vous savez, maman, le petit chose à qui il fallait toujours payer les verres au Bretagne. Si vous saviez ce qu'il m'a dit !

Il raconte. De son belvédère, Edmond n'en perd pas une. De temps en temps, pensant se donner une contenance, il tire la chasse d'eau ou se lave les mains. Il ne se rappelle aucunement cet Emmanuel (les amis de ses enfants, tous des cons), mais il lui trouve bien du talent, en revanche son fils est irrécupérable, décidément.

– Non mais vraiment, pour qui se prend-il, ce moins que rien ? reprend Patrice. Nous l'avons reçu, abreuvé, nourri, habillé. Et il vient me donner des leçons, à moi, Patrice Chalaffre, pour sauver mon entreprise ! C'est un comble, non ?

– Oui, bon, il faut savoir donner sa chance aux jeunes, lance Jackie un peu perdue. N'est-ce pas, monsieur Raisner ? Les jeunes sont toujours un peu fous, non ? Au fait, monsieur Raisner, vous voulez un pastis ?

32

Nous, bien sûr, on est loin de tout ça. Nous sommes le 15 août et, comme tous les ans depuis la guerre, en Brière, les gars de l'Amicale Sainte-Anne se mesurent au reste du monde.

Quand j'étais gosse et que je voyais les grands de Sainte-Anne se battre en slip rouge contre les ennemis de la Laïque en slip bleu, applaudis par les filles glousantes et rosissantes sous les fards, je les enviais, ces mecs, je voulais être un homme pour prendre leur place et tous les envoyer à la baille.

La plaine d'eau de Fédrun est presque un lac au milieu des aulnes, des chaumes et des roseaux. Sur ce lac, on a installé une large estrade clouée sur des chalands, et Charles Mahé présente les jeux avec un micro qui grésille et s'éteint tout le temps. En face, le joyeux public en habits du dimanche, sur les gradins, dans la fumée des saucisses grillées, le pétillement de la bière et du cidre, le claquement des carabines aux stands de tir, les rigolades, les fanions et les chansons. Les familles viennent en procession gagner des lapins et des canards à la tombola pendant que nous joutons dans des épreuves où il faut faire montre d'adresse, de puissance, d'astuce, de vaillance et de modestie.

Vu ma corpulence, on me réserve pour les jeux de force. Je monte d'abord sur une poutre tendue entre deux barques, tenant à la main un sac de jute rempli de paille mouillée, avec lequel j'expédie en deux coups mes adversaires dans la vase. Je frappe d'emblée, mais pas trop fort, pour ne pas être entraîné dans l'eau par mon élan. Je suis solide et souple sur la poutre glissante, épais, lourd, bien campé.

Puis, c'est au tour des agiles de s'adonner au lancer d'œufs : un des nôtres lance, d'un bateau, un œuf à un autre rouge placé sur une autre barque. Entre les deux, un bleu essaie de le casser. Si un rouge arrive à attraper l'œuf, il le casse sur la tête d'un bleu assis devant lui, « Et voilà, commente Charles Mahé, de son estrade, voilà un beau shampoing aux œufs ! Nous allons maintenant passer à la course à bicyclette sur l'eau. Puis au gymkhana avec le cochon. »

C'est la fête. Avec les copains, on saute à l'eau, on ressort noirs de vase, on roule un peu, on s'ébroue en riant sur les filles qui s'enfuient en hurlant, mi-furieuses, mi-rieuses, et qui reviennent aussitôt en se dandinant, « Bon arrêtez, euh… z'êtes pas drôles, eu-eu-euh ! on fait quoi ce soir, eu-euh ? » Moi, ça m'excite trop d'être en slibard devant des filles sapées, en plus avec leur putain de rouge à lèvres, je saute à l'eau sans leur répondre. Les gamins nous regardent les yeux ronds, on est des vedettes, on rejoint le podium à la nage, la vase sent bon. Sitôt sur l'estrade, on mange des sandwiches, on se sent bien entre potes, on est les rois du monde, on fout les apprentis à l'eau, on leur met des anguilles dans le slip avant de remonter sur le chaland affronter les gars de la Laïque au tir à la corde, pendant qu'un groupe, là-bas, entonne *Dans les prisons de Nantes...* dans le vent tiède qui emporte au loin les chansons et les cris, et que mon père explique aux touristes béats l'extraction de la tourbe et la vie dans les chaumières.

Car toute ma famille est là. Mon père et mon grand-père tiennent un stand de culture ouvrière, Jacky expose les œuvres de ses élèves (il appelle ça une installation), Marie-Caroline braille dans une baraque à crêpes, je l'entends d'ici, et maman se promène en souriant, elle est toujours la reine et tous les gens viennent la voir.

Lorsque Gildas a prévenu que je tiendrais ma place parmi les rouges, mon père ne s'en est pas ému. « Il fait son devoir, c'est normal », a-t-il simplement dit, reprenant sans le savoir une expression du vieux baron du Guénic dans *Béatrix.* D'ailleurs, j'ai à peine vu ma famille et me promène tout l'après-midi dans le plus parfait anonymat : rien de tel qu'un uniforme, même un simple slip rouge, pour devenir invisible.

C'est donc incognito que j'avise Edmond Chalaffre, là-bas, qui s'approche d'Emmanuel Le Douarin, près du stand de charcuterie de Bébert et Nini, les parents d'Isabelle. En le revoyant, j'ai le plaisir de ne ressentir aucune haine. Il m'a insulté, peut-être, mais il ne m'a pas atteint. Depuis la scène de l'Hermitage, j'ai réfléchi, je me suis mis à sa place.

En me proposant de l'argent, Edmond Chalaffre m'a traité en bourgeois. Cette proposition d'argent était une marque de considération. On a toujours les bourgeois par l'argent. Je suis finalement assez heureux de revoir le vieux salaud, avec qui je me suis si bien mesuré.

Donc, je regarde de loin le colloque entre Emmanuel et le vieux Chalaffre. Isabelle les regarde aussi et brûle de savoir ce qu'ils se disent. Comme moi. Patrice plastronne à la buvette, avec ces dames. Je m'approche. En maillot de bain, ils ne me verront pas. Je m'approche et j'écoute. Emmanuel explique au vieux Chalaffre que l'affaire des Vernis peut être sauvée. Que, non seulement ce n'est pas une affaire vieillotte, mais qu'il y a un fort potentiel. Simplement, il faut quelqu'un pour s'y intéresser, et il sent Patrice plutôt fuyant, ce qui le désespère, lui, Emmanuel, parce qu'il faut agir vite.

– Quand ?

– Avant un mois. Si la Chambre s'en mêle, les créanciers patienteront. Mais il faut un plan d'urgence. Patrice devrait interrompre ses vacances, on travaille une semaine, et le tour est jouable.

– Vous plaisantez, je suppose. Patrice, interrompre ses vacances !

– Il le faut. Les guerres se déclarent l'été, vous le savez bien.

– Bon. Je suis partant. Mais en secret.

– Vous le pouvez ?

– J'ai minorité de blocage (et majorité d'intimidation), j'ai des fonds, je peux reprendre la main. Je m'emmerde, ici, Emmanuel. Depuis dix ans, je n'attaque plus qu'au bridge. Dix ans à jouer au bridge, c'est terrible. Si vous avez du temps à me consacrer, je viens à Nantes dès demain, et on s'y met. À une seule condition : confidentialité absolue. Absolue, vous m'entendez ? Pas un mot à Isabelle. Mais qui je vois là ?

J'ai été repéré. Je sens sur moi comme une balle. Deux balles : les yeux du vieux Chalaffre.

– Eh bien, mon cher, vous voyez bien que j'ai eu raison.

Emmanuel me regarde aussi. Il met du temps à me reconnaître, mais il y parvient.

– On est mieux parmi les siens, non ? Qu'est-ce que je vous disais ? s'écrie Edmond Chalaffre. Vous avez meilleure mine qu'à La Baule, mon jeune ami.

– Oui, monsieur, grâce à vous. Vous m'avez sauvé, merci. Je suis désolé de vous avoir insulté.

– N'en parlons plus, j'ai été abrupt, je vous ai offensé.

– Même pas, à la réflexion.

– Que voulez-vous, c'est ça, vieillir. On s'isole, on vit dans ses souvenirs, on voit toujours les mêmes gens, on perd contact avec le monde et les réalités. On n'a plus de temps à perdre, surtout. Je vous trouve meilleure mine qu'à La Baule.

– Je vais mieux dans le décor. Le singe dans sa savane.

– Ou le lion, qui sait ?

Mais Emmanuel :

– Tout cela est bon, monsieur Chalaffre, mais il faudrait quelqu'un pour nous aider. Il n'y a personne, aux Vernis.

– J'ai les clés.

– Oui, mais monter un dossier, et tout ça, il nous faudrait une secrétaire, la mienne est en congé. Peut-être Isabelle.

– Non. Pas Isabelle, elle dirait tout. Et elle n'a jamais travaillé de sa vie, elle se mettrait en arrêt maladie au bout d'une demi-heure, c'est une feignasse.

Un silence, et puis, se tournant vers moi :

– Dites-moi, mon jeune ami, ça vous dirait de travailler pour nous ? Vous êtes étudiant, je crois. Et même assez bon, d'après mes renseignements. Vous n'avez rien à faire. Venez avec nous, d'accord ?

– D'accord.

– Pas un mot !

– Pas un mot.

– Votre fortune est faite, Chevalier de Brière !

33

« Chevalier de Brière », mon cul ! Deux jours plus tard, le vieux Chalaffre passe chez Gildas et Myriam. Tout excité. Rajeuni de vingt ans. Je suis derrière le bar, pour changer. Il me dit que, finalement, il n'a pas besoin de moi à Nantes et me propose, à la rentrée, une place de balayeur dans son usine. Balayeur ou quelque chose dans le genre, on verrait plus tard.

Je hausse les épaules. Ils sont comme ça, les gens. Ils ont besoin de toi, ils te prennent, ils n'ont plus besoin de toi, ils te jettent. Pas la peine de s'offusquer, ça marche comme ça, c'est tout. À la grande surprise du vieux, j'accepte la place de balayeur. Je discute le salaire, mais j'accepte. Ça me fera du fric pour prendre une chambre en ville. Il est ravi, moi aussi.

– Pourquoi faites-vous ça ? je lui balance en le regardant bien en face.

Il ne détourne pas les yeux.

– Parce que ma petite-fille me l'a demandé, répond-il, et que je ne peux rien lui refuser.

J'encaisse sans répondre, il s'adoucit :

– Et puis aussi parce que je crois qu'elle a raison, vous en valez la peine. Vous m'avez tenu tête, l'autre jour, à l'Hermitage, mais vous m'avez obéi. Vous m'avez détesté, mais vous m'avez compris. Et, plus important peut-être, vous ne m'en voulez pas.

– Ça, c'est vous qui le dites. Qu'est-ce que je vous sers ? Un verre de cidre ?

Il rigole. Il me dit que Camille aimerait me voir. Je hausse les épaules : elle sait où me trouver. Pour être aimable, je lui sers une fine à l'eau, qu'il ne refuse pas et qui lui délie la langue :

– Camille, me dit-il, vous a vraiment dans la peau. Elle m'a impressionné. L'autre jour, elle est venue me voir dans ma chambre. J'étais souffrant. Elle s'est agenouillée à mon chevet.

« Grand-père, c'est moi, c'est Camille. Est-ce que vous m'entendez ? Je suis venue vous demander de ne pas vous interposer entre Jérôme et moi. Restez à votre place. Si débiles que nous sommes, lui et moi, nous serons plus forts que vous dans votre toute-puissance. Parce que nous nous aimons. Parce que cet amour est la chance de ma vie et que je n'ai, pour ma vie, d'ambition qu'en amour. Je ne demande rien d'autre qu'un amour réussi, je veux dire sacré, et cet amour passe par Jérôme. Pourquoi ? Je n'en sais rien. Qu'est-ce que Jérôme a de plus que les autres ? Rien, sinon moi. Et moi, j'ai Jérôme de plus que les autres. Jérôme qui me renforce et me complète. Et si j'ai à choisir entre lui et tout le reste, c'est lui que je choisis et qu'importe le reste. Si je dois attendre, j'attendrai. Si je dois lutter, je lutterai. Si je dois partir, je partirai. S'il me quitte, je me quitterai. Et si je dois être votre ennemie, grand-père que j'adore, je serai votre ennemie. J'y ai bien réfléchi, croyez-moi. Sans Jérôme, qu'est-ce qui m'attend ? Un homme toute option, qui va me désenchanter en croyant me combler. Faire toujours la même chose, aux mêmes endroits, avec les mêmes gens, année après année. C'est le rêve de toutes mes copines à Nantes : la liste de mariage chez Degenne-Lechat, la visite tous les ans chez Daguzé ou Régine pour le rang de perles, le carré Hermès ou l'escarpin Céline, la maison à Monselet, les week-ends à La Baule et l'ennui toutes les nuits. Ce rêve de toutes mes copines, grand-père, c'est mon cauchemar. Un cauchemar dont Jérôme me réveille. Je vous demande donc de rester à votre place et de ne pas vous mêler de ma vie sentimentale, qui ne vous regarde pas. Entre l'amour et la société, je choisis l'amour, comme Camille Maupin dans *Béatrix*. Avez-vous lu *Béatrix* ? »

34

Moi, depuis toujours, je lis un seul roman : *Béatrix.* On nous le faisait étudier en classe, avec *La Brière*, parce qu'il se passe dans la région. Ça, je m'en fiche bien. Chez nous, personne ne lit ces livres. On vit dans le décor. On n'a pas besoin qu'un type qui n'est pas du coin prétende nous le raconter. Ça ne nous flatte pas. On connaît ça mieux que lui. C'est d'ailleurs pour ça qu'on ne sait pas le raconter. Puisqu'on le vit. On se méfie des romanciers.

Mais Balzac, c'est autre chose.

Je n'ai jamais eu l'idée d'aller à Guérande retrouver la maison des Du Guénic. Je n'ai pas envie non plus de trouver le manoir des Touches. Personne ne sait où se trouvent ces maisons, mais elles existent.

Béatrix. Mon seul roman. Le livre de ma vie. Je le connais par cœur et le découvre toujours. Connaître un livre par cœur, c'est aussi bien que d'en connaître vaguement dix mille. Je suis fidèle. Mon homme, c'est Balzac. Et, dans Balzac, *Béatrix.*

Je trouve tout dans ce livre, notamment ce que j'ai vu, déjà, avec mon frère et sa Marie-Caroline. Ce que mon frère a vécu, Balzac l'avait raconté. Il faut choisir entre l'amour et le mariage. L'amour est un sentiment, le mariage un contrat. L'amour est un feu, le mariage un seau d'eau. Le mariage, c'est l'amour mis en prison par la société. Il faut se méfier, non des femmes, non des hommes, mais de la société, qui n'est pas compatible avec l'amour. C'est ce qu'a voulu dire Camille, je crois, avec son Ciel et tout le tintouin : se réserver pour l'amour et se moquer du reste. Longtemps, j'ai pensé que Calyste aurait dû épouser Charlotte et coucher avec Camille Maupin, puis avec Béatrix. Maintenant, je trouve sublime Camille et son renoncement : en se retirant, elle donne une vie sociale à Calyste, mais le rend inapte à l'amour.

Laissons cela.

Le lendemain, tout va très vite. Nous nous retrouvons au bar de l'Hermitage. Nous signons les papiers que j'ai, d'abord, fait lire en secret à Myriam et à mon cousin le parfumeur : grâce à Camille, je suis engagé comme technicien de maintenance et j'ai des parts dans la nouvelle société. Entre-temps, Edmond Chalaffre a eu au téléphone son fils Patrice. Longuement. Plusieurs fois. Ils s'arrangeront. Trop heureux de ne pas avoir à retourner à l'usine, Patrice démissionne, ne s'accroche à rien, signera tout ce qu'on lui demandera, renoncera à tous ses avantages, y compris la maison du boulevard des Poilus. Il se retrouve en slip, mais heureux comme jamais.

En attendant, il s'installe à La Baule et prépare son départ pour les Antilles, où il montera un restaurant avec Johnny. Isabelle et Antoine le suivent. Seule, Camille reste à Nantes, où se réinstallent ses grands-parents, chez qui elle habitera.

Puis, nous déjeunons chez Johnny. Pour moi, c'est la première fois. Johnny est charmant. Il me doit bien ça.

– Tu peux te réinstaller à La Bretonnière, si tu veux. Tu seras plus près pour aller chercher des huîtres. Gildas et Myriam attendent ton retour. D'ailleurs, j'ai suivi ton idée. Moi aussi, j'ai un banc à huîtres. Il me manque juste quelqu'un pour le tenir.

– Pas question. Tu m'as viré, trouve quelqu'un d'autre. Demande à Patrice, tiens, ça le mettra dans le bain.

Et Patrice accepte.

Au Paradise, le personnel est d'une gentillesse écœurante. Tous, ils m'ont craché à la gueule quand Johnny m'a viré, ils sont prêts maintenant à me lécher les pieds. Je m'en fous. Je ne les regarde pas de haut, non. Je ne les regarde pas. Je suis client. Et mieux que client, invité : cuisine et salle à mon service. Après-demain, en reprenant mon travail chez Myriam, je serai de leur côté. Serviteur. En septembre, je serai étudiant, vidangeur, associé. Tour à tour à tous les postes. Traversant des vies sans m'y arrêter. Passant d'un rôle à un autre dans la même journée. Pour l'instant, je suis maître à la table des maîtres, on lève les verres à ma santé. Le vieux Chalaffre porte un toast. Mais Camille n'est pas là, où est-elle ?

Tard dans l'après-midi, en sortant de chez Johnny, nous marchons par la plage jusqu'au bar de l'Hermitage. Trois couples enlacés. Et moi, seul. Les vieux Chalaffre. Emmanuel et Véronique. Patrice et Isabelle. À qui se serrera le plus fort. À qui se fera le plus de guili-guili. À qui se murmurera les mots les plus tendres. Pour montrer aux autres que, chez eux, tout va bien. Concours de mamours. Parfaitement écœurant. Concours de mamours et moi tout seul, comme un con. Lorsque nous entrons au bar de l'Hermitage, il y a comme un moment de stupeur. Tout s'arrête. Tout est suspendu. Le barman derrière son bar. Les clients. Le shaker même. Jo cessant de jouer, puis attaquant *Dinner for one, please James*, qui, depuis, est resté mon air préféré.

Jo passe à d'autres ritournelles pendant que le barman déplie sa carte aux tables qui, peu à peu, se sont garnies.

– Jo est vraiment un pianiste irremplaçable, fait le vieux Chalaffre en demandant les cigares. Généreux, attentif et discret. Un cigare, Jérôme ? Non, bien sûr, vous ne fumez pas. Que la jeunesse est donc devenue raisonnable ! Et vous, Emmanuel ? Personne, alors. Eh bien si, moi. Ça vous gêne, Véronique ? Tant pis.

Et il allume son cigare.

Après le dîner, je vais avec la bande jusqu'au casino.

– Depuis le temps qu'on doit démolir cette meringue ! s'écrie le vieux Chalaffre.

– Oh ! fait Jackie, ce serait dommage, toutes mes jolies boutiques.

Les autres ne disent rien. Je les suis, nous entrons par une porte, sur le côté.

– Salut, Stéphane, fait Patrice.

Un grand gars élégant nous souhaite la bienvenue. Je me demande s'il va me laisser entrer, mais, très cordial :

– Salut, Jérôme ! Antoine est là.

Je sors de ma torpeur. Je le connais, ce type.

– Oui, dit-il, je suis Stéphane de Saint-Blanquat. Nous sommes en droit ensemble. Mais il est vrai qu'à la fac, je brille surtout par mon absence !

– Bah, le droit mène à tout, Saint-Blanquat, on dirait, salut, mon vieux.

– Mes respects, monsieur Chalaffre.

– Une table pour notre bande de voyous, c'est possible ?

– Je vais vous trouver ça.

Véronique Le Douarin n'a pas mis les pieds dans une boîte de nuit depuis son mariage. Elle glousse, c'est l'aventure. Nous entrons dans une caverne noire pleine de palmiers en métal doré. Une piste de danse et, sur la piste, dans la foule, Camille et Cécile. Les lumières, les déhanchements, la bande qui s'installe, la bouteille, le seau, les glaçons. Je ne sais pas où m'asseoir, mais Jackie me pousse en riant :

– Allons, Jérôme, ne restez pas avec les vieux, allez rejoindre les jeunes de votre âge, allez danser.

J'entre dans la lumière. Camille se retourne et sourit. Et me sourit. Et Cécile. Et Sandrine Gringoire, et Joëlle, Hélène et Françoise Prime. Et Florence Brezinski, Marie-

Ange Boussardon, Marion Corson, Francine Clozel, Myreille Hoarau, Véronique Bossière, Doriane Pressard, Marie-Agnès Battin, Anne-Bénédicte Béchu, Agnès Simon, Marie Hoffmann, Christine et Françoise Met, Virginie Gajan, Isabelle et Florence Naud, Brigitte Albert, Sophie-Charlotte Lindemann, Dominique et Chantal Péron, Isabelle Le Masne, Béatrice de Saint-Salvy, Marie-Valérie Bogrand, Bénédicte Gosselin, Isabelle Canevet, Frédérique-Anne Chaudet, Sylvie Courgeon, Isabelle d'Hermies, Catherine et Virginie Renard, les quatre sœurs Soulis et bien d'autres, qui clignotent comme des lumières de Noël en dansant sous les projecteurs. Toutes les filles d'après les roseaux. Toutes les filles de ces années-là, parmi lesquelles j'ai vécu sans les voir, qui me sourient ce soir et que le temps dispersera.

Où sont-elles, toutes ? Elles traversent aujourd'hui la vie sous ce masque qu'est le nom de leur mari, mais elles restent comme autant d'éclats de ma jeunesse ternie. Des éclats froids, qui me rappellent à l'ordre : il faut danser, et non rester au bar à ricaner, comme je l'ai fait trop longtemps. Il faut danser, et puis entrer dans l'ombre pour ne plus en sortir. Ces filles dansent *I've seen that face before, Yeah yeah viens danser le hula hoop* ou *Lanca, lanca perfume* avec la même candeur et le même abandon. Elles sourient, se déhanchent, balancent, prennent des poses, font des mines, éclatent de rire et se poussent du coude. Elles sont heureuses, joyeuses, légères, libres. Elles tournent, virevoltent, avancent, font un pas de côté, s'éloignent, reviennent et rient aux éclats parce qu'elles sont jeunes et que tout est encore possible dans leur vie, sous les lumières, dans les frôlements, les éclats de voix, la chaleur et les battements. Camille sort de la masse, se déploie vers moi, m'enlace, me dit Salut, mon vagabond, presse ses lèvres contre les miennes et nous ondulons parmi les palmiers dorés, sur la piste du vieux casino de La Baule, au milieu des filles qui dansent.

MERCI

Je veux tout de même remercier Ludovic Chauvin qui, sans le savoir, me donne la première phrase de ce livre, un jour que nous déjeunons dans un restaurant de la rue Saint-Simon, à Paris. L'entrée commandée est si mauvaise que même le chef en convient et, pour se faire pardonner, nous fait porter deux coupes d'un champagne aigre, tiède et sans bulles. Il y a des jours, comme ça. Pour alimenter au moins la conversation, Ludovic me confie être né en août 1976, sous le signe de la Vierge.

– Eh bien, dis-je, il a fait chaud et sec, cet été-là[1].

– Je suis né maigre et je n'ai pas pleuré ! réplique-t-il, enchaînant sur des considérations astrologiques, car Ludovic est bavard et passionné par le soleil, la lune, Jupiter, Saturne, Pluton et toutes ces choses.

Mais je ne l'écoute plus et, vidant mon verre, je me dis qu'un jour ce serait bien d'écrire un roman qui commencerait par cette phrase.

S.H.

1. Mes remarques, toujours passionnantes...

DU MÊME AUTEUR

Aux Éditions Albin Michel

LE GOUVERNEUR DISTRAIT, roman, 1989.

CHÂTEAU BOUGON, roman, prix Roger-Nimier, 1991.

VOYAGE À L'OUEST, essai (en collaboration), 1991.

LE BON TABAC, traité sur les bienfaits du tabac, 1996.

LE GRAND CHARLES, ou En écoutant Trénet chanter, 1998.

Chez d'autres éditeurs

PAYS DE LA LOIRE, album, Romain Pages, 1994.

FÉLICIEN MARCEAU, essai, Le Rocher, 1994.

GAILLOT L'IMPOSTEUR, brochure, Le Rocher, 1995.

LA DROITE HONTEUSE, petit tableau des mœurs politiques françaises à la fin du XXe siècle, Le Rocher, 1997.

JOURNAL D'UN CRÉTIN, roman, prix Louis-Barthou, Académie française, 2000.

LA GLOIRE DES CACHALOTS, pamphlet, Le Rocher, 2001.

LE GROS NUL, autoportrait, Le Rocher, 2002.

Composition IGS
Impression : Imprimerie Floch, mars 2007
Éditions Albin Michel
22, rue Huyghens, 75014 Paris
www.albin-michel.fr

ISBN : 978-2-226-17701-8
N° d'édition : 25105 – N° d'impression : 67870
Dépôt légal : avril 2007
Imprimé en France.